Betsy Duffey & Laurie Myers

Fürchtet euch nicht

Über die Autorinnen

Betsy Duffey und *Laurie Myers* sind Schwestern, die gemeinsam schon mehrere Bücher geschrieben haben. Besonders ihre Kinderbücher wurden mit vielen Preisen ausgezeichnet.

Mit ihren Romanen *Das Lied des Hirten, Wie im Himmel, so auf Erden* und *Die Liebe hört nie auf* wurden sie auch in Deutschland bekannt.

Betsy Duffey | Laurie Myers

Fürchtet euch nicht

Ein Weihnachtsfest verändert das Leben von 14 Menschen

Aus dem Amerikanischen von Eva Weyandt

GerthMedien

Inhalt

Kapitel 1 – Die Geburt Jesu 9
Kapitel 2 – Der Hirte 21
Kapitel 3 – Maria 35
Kapitel 4 – Der Esel 48
Kapitel 5 – Josef 61
Kapitel 6 – Die Krippe 72
Kapitel 7 – Der Stern 85
Kapitel 8 – Das Kamel 96
Kapitel 9 – Melchior 109
Kapitel 10 – Balthasar 124
Kapitel 11 – Kaspar 138
Kapitel 12 – Das Lamm 151
Kapitel 13 – Der Engel 164
Kapitel 14 – Heiligabend 179

Denn Gott hat die Menschen so sehr geliebt, dass er seinen einzigen Sohn für sie hergab. Jeder, der an ihn glaubt, wird nicht zugrunde gehen, sondern das ewige Leben haben.
Johannes 3,16

Der versprochene Retter kommt zur Welt

Und so wurde Jesus Christus geboren: Elisabeth war im sechsten Monat schwanger, als Gott den Engel Gabriel nach Nazareth schickte, einer Stadt in Galiläa. Dort sollte er eine junge Frau namens Maria aufsuchen. Sie war noch unberührt und mit Josef, einem Nachkommen von König David, verlobt. Der Engel kam zu ihr und sagte: „Hab keine Angst, Maria. Gott hat dich zu etwas Besonderem auserwählt. Du wirst schwanger werden und einen Sohn zur Welt bringen. Jesus soll er heißen." Da sagte Maria: „Alles soll so geschehen, wie du es mir gesagt hast."

In dieser Zeit befahl Kaiser Augustus, alle Bewohner des Römischen Reiches in Steuerlisten einzutragen. Jeder musste in seine Heimatstadt gehen, um sich dort eintragen zu lassen. Auch Josef machte sich auf den Weg. Er reiste von Nazareth in Galiläa nach Bethlehem in Judäa, der Geburtsstadt von König David. Denn er war ein Nachkomme von David und stammte aus Bethlehem. Josef musste sich dort einschreiben lassen, zusammen mit seiner Verlobten Maria, die ein Kind erwartete. In Bethlehem kam für Maria die Stunde der Geburt. Sie brachte ihr erstes Kind, einen Sohn, zur Welt. Sie wickelte ihn in Windeln und legte ihn in eine Futterkrippe im Stall, denn im Gasthaus hatten sie keinen Platz bekommen.

Jesus wurde in Bethlehem geboren, einer Stadt in Judäa. Herodes war damals König. Da kamen einige Sterndeuter aus einem Land im Osten nach Jerusalem und erkundigten sich: „Wo ist der neugeborene König der Juden? Wir haben seinen Stern aufgehen sehen und sind aus dem Osten hierhergekommen, um ihm die Ehre zu erweisen." Herodes ließ die Sterndeuter heimlich zu sich kommen und fragte sie aus, wann sie den Stern zum ersten Mal gesehen hätten. Anschließend schickte er sie nach Bethlehem: „Erkundigt euch genau nach dem Kind", sagte er, „und gebt mir Nachricht, sobald ihr es gefunden habt. Ich will dann auch hingehen und ihm die Ehre erweisen." Nach diesem Gespräch gingen die Sterndeuter nach Bethlehem. Derselbe Stern, den sie schon beobachtet hatten, als er am Himmel aufging, führte sie auch jetzt. Er blieb über dem Haus stehen, in dem das Kind war. Als sie das sahen, kannte ihre Freude keine Grenzen. Sie betraten das Haus, wo sie das Kind mit seiner Mutter Maria fanden, fielen vor ihm nieder und ehrten es wie einen König. Dann packten sie ihre Schätze aus und beschenkten das Kind mit Gold, Weihrauch und Myrrhe.

In dieser Nacht bewachten draußen auf den Feldern vor Bethlehem einige Hirten ihre Herden. Plötzlich trat ein Engel des Herrn zu ihnen, und die Herrlichkeit des Herrn umstrahlte sie. Die Hirten erschraken sehr, aber der Engel sagte: „Fürchtet euch nicht! Ich verkünde euch eine Botschaft, die das ganze Volk mit großer Freude erfüllen wird: Heute ist für euch in der Stadt, in der schon David geboren wurde, der versprochene Retter zur Welt gekommen. Es ist Christus, der Herr."

Verse aus den Evangelien nach Matthäus und Lukas

Kapitel 1

Die Geburt Jesu

Elisabeth war im sechsten Monat schwanger, als Gott den Engel Gabriel nach Nazareth schickte, einer Stadt in Galiläa. Dort sollte er eine junge Frau namens Maria aufsuchen. Sie war noch unberührt und mit Josef, einem Nachkommen von König David, verlobt.
Lukas 1,26–27

Pastor Jeremy Higgins stand in der Kirche vor dem Lagerraum und starrte die Tür an. Alles in ihm sträubte sich hineinzugehen. Um diesen Augenblick hinauszuzögern, hatte er schon zwei Tassen starken Kaffee getrunken und drei Himbeerscones verputzt. Danach hatte er sich in die Morgenzeitung vertieft und seine E-Mails beantwortet. Doch jetzt war der Augenblick gekommen. Er konnte sich nicht länger davor drücken.

„Früher oder später musst du einen Anfang finden", sagte Holly, seine Sekretärin und seit Neustem auch seine Verlobte. Die Hände in die Hüfte gestemmt, blickte sie ihn streng an, was sie in seinen Augen nur noch hinreißender machte.

Krampfhaft überlegte er, welche anderen dringenden Probleme seine Aufmerksamkeit fordern könnten, aber leider fiel ihm nichts ein.

Pastor Higgins war eigentlich keiner, der vor schwierigen Aufgaben zurückscheute. Wenn er mit einem Gemeindemitglied ein ernstes Gespräch zu führen hatte, nahm er dies ohne zu zögern in Angriff. Wenn er an das Bett eines Sterbenden gerufen wurde, machte er sich sofort auf den Weg.

„Ich weiß“, sagte er, rührte sich aber nicht.

Warum nur empfand er einen so großen Widerwillen gegen diese Aufgabe? Warum schloss er nicht einfach die Tür auf, krempelte die Ärmel hoch und machte sich an die Arbeit?

Holly verschränkte die Arme vor der Brust. „Danny Cappers hat eben angerufen. Seine Leute fangen heute Nachmittag an. Bis dahin muss der Raum leer sein.“

„Leer?“, fragte er.

„Ja, leer“, erwiderte sie. „Dieser Lagerraum muss gänzlich ausgeräumt sein.“ Sie fuchtelte mit den Armen wie ein Verkehrspolizist.

„Gänzlich ausgeräumt“, wiederholte er.

Sie wollten den Gottesdienstraum erweitern und brauchten dazu einen der kleinen Gruppenräume und eben diesen Lagerraum. Der Gruppenraum war kein Problem gewesen. Die Stühle hatten sie auf die anderen Räume verteilt – und fertig. Aber der Lagerraum, das war etwas anderes.

Ohne Holly schaffte er das nicht. Holly war wundervoll. Sie wusste genau, was sie sagen musste, wann sie sanft auf ihn eingehen und wann sie den direkten und offenen Ansatz wählen musste. Jetzt brauchte er die direkte und offene Ansprache, und genau das tat sie.

Jeremy griff in seine Tasche und holte den Schlüsselbund heraus. Während er nach dem richtigen Schlüssel suchte, sagte er: „Die Gemeinde wächst und platzt aus allen Nähten. Die Erweiterung ist dringend nötig.“

Das wussten sie beide natürlich, aber es half, es noch einmal laut auszusprechen.

„Und es ist gut, dass wir die Möglichkeit haben, mehr Raum zu schaffen. Schließlich wollen wir unser Gebäude bestmöglich nutzen“, fuhr er fort.

„Ja“, stimmte Holly ihm zu. „Unsere Kapazitäten sind ausgeschöpft. Es ist einfach kein Platz mehr für zusätzliche Gäste bei einem Hochzeitsempfang im Gottesdienstraum oder für ein gemeinsames Mittagessen mit den Gemeindemitgliedern.“ Sie stieß ihn in die Seite. „Und die Tanzfläche ist auch viel zu klein.“

Er lächelte.

Das war natürlich ein Argument. Die Tanzfläche musste groß genug sein. Er und Holly tanzten für ihr Leben gern. Und nachdem sie nun offiziell verlobt waren, hoffte er auf viele Gelegenheiten für dieses Vergnügen.

Seine romantischen Gefühle für Holly waren bei einer Hochzeit aufgeflammt. Seit fünfundzwanzig Jahren war sie seine Sekretärin. Sie hatte ihn in den schwierigen Jahren, als seine Frau so krank gewesen und schließlich gestorben war, begleitet. Sie war während der Jahre der Trauer an seiner Seite gewesen. Und dann war der Moment gekommen, als er sie auf der Tanzfläche angeschaut und plötzlich mit ganz neuen Augen gesehen hatte.

Jeremy fasste Holly um die Taille und tanzte mit ihr ein paar Schritte durch den Flur. Sein Projekt war für den Augenblick in den Hintergrund getreten. Sie strahlte ihn an, und er lächelte zurück. Nach dem Tod seiner Frau war er nicht davon ausgegangen, dass er sich noch einmal verlieben würde.

Noch ein letztes Mal wirbelte er Holly herum und ließ sie schließlich los.

„Wieder an die Arbeit!", sagte sie lächelnd. Er konnte sich wirklich glücklich schätzen.

Entschlossen nahm er den Schlüsselbund zur Hand, suchte den passenden Schlüssel und steckte ihn ins Schloss.

Da er nun endlich in die Gänge gekommen war, kehrte Holly ins Büro zurück.

„Alles kannst du durch Christus, der dir Kraft und Stärke gibt", rief sie über die Schulter zurück, als sie um die Ecke bog.

Und Kraft würde er definitiv brauchen. Seit Jahren räumten die Gemeindemitglieder alles, was sie nicht mehr brauchten, in diesen Lagerraum. Wann immer die Frage aufkam, wo man etwas abstellen könnte, wovon man sich nicht trennen konnte oder wenn der Mut fehlte, es wegzuwerfen, war die Antwort die gleiche: „Stell es doch in den Lagerraum."

Und was das Schlimmste war: Jeremy hatte es genauso gemacht wie alle anderen. Als die Gemeinde neue Abendmahlskelche bekommen hatte, war er gebeten worden, die alten zu entsorgen.

Er hatte gezögert, sich an die vielen besonderen Abendmahlsgottesdienste mit genau diesen Kelchen erinnert und daran, dass seine Frau aus einem dieser Kelche ihr letztes Abendmahl empfangen hatte. Schließlich hatte er gesagt, was auch alle anderen immer sagten: „Wir stellen sie erst mal in den Lagerraum."

Als die Vorhänge im Pfarrhaus erneuert worden waren, hatte er einen liebevollen Blick auf die alten geworfen. Eigentlich hätte er sie an das Sozialkaufhaus geben sollen, aber er musste an die Frauen im Frauenkreis denken, die diese Vorhänge genäht hatten, und er konnte sich einfach nicht davon trennen. Schließlich war doch noch Platz im Lagerraum, und genau dort waren sie am Ende gelandet.

Sogar die längst nicht mehr aktuellen Gemeindeblätter lagen noch auf den kaputten Stühlen an der Wand. Er konnte sich einfach nicht davon trennen.

* * * * *

Noch immer stand Jeremy vor der Tür zum Lagerraum und scheute sich, den Schlüssel umzudrehen und sich dem zu stellen, was sich hinter der Tür verbarg. In der Kirche gab es keinen weiteren Lagerraum. Diese ganzen Sachen einfach woanders unterzubringen, war also nicht möglich. Im Gemeindehaus war ebenfalls kein Platz. Schwierige Entscheidungen standen ihm bevor. Bei dem Gedanken, einige Sachen wegwerfen zu müssen, lief Jeremy ein kalter Schauer über den Rücken. Er brachte es einfach nicht übers Herz, Dinge wegzuwerfen, die zur Ehre Gottes erschaffen worden waren.

Gestern hatte Holly schon mal zwei Kisten mit alten Vorhängen und einem Sammelsurium von Geschirr weggebracht.

„Ich bringe das in das Sozialkaufhaus", hatte sie gesagt und die Kisten nach draußen getragen, während er zurückgeblieben war und ihr wehmütig hinterhergeschaut hatte.

„Aber das sind doch die Vorhänge aus dem Pfarrhaus", hatte er kläglich eingewandt.

„Die sind zwanzig Jahre alt!", hatte sie erwidert.

Leider waren es nicht nur Sachen, die der Gemeinde gehörten, die er nicht wegwerfen konnte. Auch von den Dingen aus seinem Haushalt konnte er sich nicht trennen, so nutzlos und alt sie auch sein mochten. Ganz besonders nach dem Tod seiner Frau. Er war nicht unbedingt ein Hamsterer, aber er neigte dazu alles aufzuheben.

Da waren zum Beispiel die alten Zeitschriften. Man konnte Klassiker doch nicht einfach wegwerfen. Geschweige denn die Erinnerungsstücke an seine Kinder! Sein Dachboden quoll über vor Plastikbehältern voller Trophäen, Puppen, Spielzeug und alten Sportshirts. All das hatte eine Bedeutung für ihn. Wenn er diese Sachen wegwerfen würde, wäre es, als würde er seine Erinnerungen wegwerfen.

Ein entsetzlicher Gedanke durchzuckte ihn. Natürlich hatte auch Holly einen Haushalt. Neigte sie vielleicht ebenfalls dazu, alles zu horten? War ihr Dachboden etwa auch so vollgestopft mit Erinnerungsstücken? Du liebe Güte! Auf diese so wichtige Frage hatte er schlicht keine Antwort.

Sie hatten einen mehrwöchigen Ehevorbereitungskurs besucht und bei diesen Gesprächen die unterschiedlichsten Themen angesprochen, gegenseitig ihre Persönlichkeiten eingeschätzt und miteinander verglichen. Sie passten gut zueinander – in einigen Bereichen besser als in anderen. Organisation war definitiv sein Schwachpunkt, aber ihre Stärke. Er war introvertiert und gern auch mal allein, sie war extrovertiert und liebte Menschen und Feste.

Sie hatten über vieles gesprochen, aber nicht über … diesen Punkt. Wenn sie genauso viel Kram besaß wie er, dann hatten sie ein Problem. Jeremy nahm sich fest vor, sie danach zu fragen.

Würde Holly seine Sachen in Kisten packen und ebenfalls ins Sozialkaufhaus bringen? Oder schlimmer noch … Er stellte sich vor, wie die Kisten mit seinen Erinnerungen in den Müll wanderten.

„Sei ein Mann", ermahnte er sich, drehte den Schlüssel im Schloss und stieß die Tür auf.

Das Licht aus dem Flur fiel auf ein großes Durcheinander von Gegenständen, die von einer dicken Staubschicht überzogen waren. Jeremy schaltete das Licht ein, doch das Grau blieb. Langsam gewöhnten sich seine Augen an die Helligkeit und er ließ seinen Blick durch den Raum schweifen. Es sah übel aus, aber der Staub war in gewisser Weise sogar hilfreich. Diese offensichtlich schmuddeligen und nutzlosen Dinge zu entsorgen, würde ihm vielleicht doch nicht allzu schwerfallen.

Mit neuem Mut trat er vor und öffnete die erste Kiste. Alte Kassetten mit biblischen Geschichten für Kinder kamen zum Vorschein. Das war leicht. Sie hatten nicht einmal mehr einen Kassettenrecorder, um diese Kassetten abzuspielen. Müll. Er stellte die Kiste in den Flur. Walter, der Hausmeister der Gemeinde, würde sie später zum Müllcontainer bringen.

Danach stapelte er mehrere Arme voll alter Gemeindeblätter im Flur. Die waren reif für den Altpapiercontainer.

In der nächsten Kiste fanden sich alte Tischdecken, mit denen die Tische im Gottesdienstraum für Feierlichkeiten gedeckt worden waren. Er nahm eine heraus. Als er sie ausschüttelte und ins Licht hielt, entdeckte er viele kleine Löcher. In dieser Kiste hatten einige kleine Lebewesen einen warmen Winter verbracht und sich durch den Damast gefressen. Auch diese Entscheidung war leicht. Müll.

Während er eine Kiste nach der anderen vor die Tür stellte, traf Walter ein und machte sich sogleich daran, die aussortierten Gegenstände nach draußen zum Müllcontainer zu tragen.

Jeremy arbeitete sich von Kiste zu Kiste vor und traf seine Entscheidungen mit erstaunlicher Klarheit. Vieles wanderte in den Müll, aber einige Sachen, zum Beispiel die Abendmahlskelche, wollte er den Gemeindemitgliedern als Erinnerungsstücke anbieten. Er sprach ein stilles Gebet und dankte Gott für seine Führung und Hilfe.

* * * * *

Am späten Vormittag war der Lagerraum so gut wie leer.

Jeremy hatte es tatsächlich geschafft! Endlich war der Raum ausgeräumt, genau wie Danny Cappers es wollte. Nur noch diese letzten Teile …

So schlimm war das gar nicht gewesen. Vielleicht sollte er sich seinen Dachboden zu Hause auch mal vornehmen.

Alte Sachen ausmisten, um Platz zu schaffen für neue Möglichkeiten.

„Wir sind fast fertig“, sagte Walter, der jetzt neben dem Pastor stand. Seit mehr als einem Jahr arbeitete er inzwischen für die Gemeinde, nachdem er etliche Jahre obdachlos gewesen war. Jeremy war dankbar für seine Unterstützung und die Ruhe, die er ausstrahlte. Walter machte ihm die Arbeit um einiges leichter.

Jetzt mussten sie sich nur noch die linke hintere Ecke vornehmen.

„Was um alles in der Welt ist das denn?“ Jeremy schob eine alte Leinwand zur Seite und stand vor einem mit einem Tuch bedeckten, sperrigen Gegenstand.

Walter stieß einen leisen Pfiff aus.

Der Pastor trat näher, atmete tief durch und machte sich daran nachzuschauen, was sich unter dem Tuch verbarg. Ein ungewöhnliches Gebilde. So sehr er sich auch anstrengte, ihm fiel nichts ein, was so sperrig war und so viel Platz in Anspruch nahm.

Beherzt zog er das Tuch herunter und stellte fest, dass es sich nicht um einen einzelnen Gegenstand handelte, sondern um mehrere, die man übereinandergestapelt hatte. Jeder Gegenstand war in eine dicke schwarze Plastikfolie eingeschlagen. Jeremy wickelte den ersten aus seiner Verpackung aus. Seine Überraschung hätte größer nicht sein können: Eine Person starrte ihn an, ihre Arme waren ausgestreckt.

Er trat einen Schritt zurück und betrachtete verblüfft den etwa ein Meter zwanzig großen Mann mit Turban, der ein goldenes Kästchen in der Hand hielt. Sein violettes, mit roter Bordüre eingefasstes Gewand verlieh ihm eine königliche Erscheinung.

Einer der drei Weisen.

Jeremy musterte eingehend die anderen Gegenstände, und ihm wurde klar, dass er vor den Krippenfiguren stand, die jedes Jahr zu Weihnachten aufgestellt wurden.

Er schloss die Augen und rief sich in Erinnerung, wie die Figuren auf dem Rasen vor der Kirche standen: Josef blickte hinab auf die sitzende Maria, die die Arme nach dem Jesuskind ausstreckte. Die drei Weisen in ihrer prachtvollen Kleidung, in ihren Händen die Geschenke, die sie für das Kind mitgebracht hatten. Der Engel, der die goldene Posaune an die Lippen hielt. Einige Tiere und die Hirten mit einem Ausdruck des Erstaunens auf ihren Gesichtern. Sie streckten die Hand aus und deuteten auf das Kind.

„Das ist Balthasar!“, sagte er zu Walter.

„Wer?“

„Einer der drei Weisen. Das sind die Krippenfiguren.“

Mit Walters Hilfe befreite Jeremy seine alten Freunde von der Plastikfolie. Zuerst erschien Josef, dann Maria. Die Krippe, so erinnerte Jeremy sich, stand in Saul Haskins Scheune, zusammen mit dem Holzrahmen für den Stall.

Er packte die übrigen Figuren aus. Da waren die beiden anderen Weisen. Der Engel. Ein Lamm. Ein Esel. Ein Hirte und auch ein Kamel, das ganz hinten gestanden hatte, kamen zum Vorschein.

„Nun“, sagte Jeremy, während er zurücktrat, um die Figuren zu bewundern, „jetzt werden wir wohl einen Platz für euch finden müssen, wo ihr bis Weihnachten bleiben könnt.“

„Und dann?“, fragte Walter.

„Dann stellen wir sie auf dem Rasen vor der Kirche auf.“

Nacheinander trugen sie die Figuren hinaus in den Flur.

„Wo wollen Sie sie denn unterbringen, Pastor?“ Walters Blick wanderte über die Krippenfiguren. „Gibt es hier noch einen zusätzlichen Raum? Vielleicht einen Lagerraum, von dem ich nichts weiß?“ Er zuckte mit den Schultern. „Bald wird es hier vor Arbeitern wimmeln.“

„Sie haben recht. Ich werde mich heute Nachmittag ein wenig umhören. Vielleicht finde ich ein paar Gemeindemitglieder, die unseren Freunden bis Weihnachten Asyl gewähren.“

Walter, der sich sonst immer schnell verabschiedete, trat von einem Fuß auf den anderen.

„Was überlegen Sie?“, fragte Jeremy.

„Nun, ich wohne ja in dieser kleinen Wohnung drüben auf der

Main Street. Sie ist wirklich klein, und ich kann auf keinen Fall alle nehmen, aber … ich könnte … ich meine, ich würde gern … Also, wenn Sie nichts dagegen haben, würde ich gern eine Figur mit nach Hause nehmen."

Verblüfft schaute Jeremy den Hausmeister an. Es erstaunte ihn, dass er eine der Krippenfiguren mit nach Hause nehmen wollte. Aber nach so vielen Jahren als Pastor sollte ihn eigentlich nichts mehr wundern.

„Natürlich können Sie eine mitnehmen." Er wandte sich um und ließ den Blick über die Figuren schweifen. „Möchten Sie eine bestimmte?"

„Also, wenn es Ihnen recht ist, würde ich gern Balthasar mitnehmen. Ich fand die Weisen schon immer …" Er suchte nach dem richtigen Wort. „Nun, weise eben."

„Eine gute Wahl", erwiderte der Pastor. „Ich kann mir kein besseres Zuhause für ihn vorstellen."

„Sind wir hier fertig? Dann nehme ich ihn gleich mit." Walter strahlte, als hätte er in der Lotterie gewonnen. Er legte dem Weisen den Arm um die Taille, hob ihn vorsichtig hoch und ging mit ihm davon, als wären sie alte Freunde.

* * * * *

Fünf Minuten später verließ Pastor Higgins gerade den Lagerraum, als die Lindall-Schwestern den Flur entlangkamen.

„Wir haben gerade Walter mit Balthasar gesehen", erklärte Joy. „Er sagte, Sie suchen nach einem Zuhause für die Krippenfiguren. Wir würden auch gern einen Weisen mitnehmen."

„Für mehr haben wir leider keinen Platz", wandte Grace ein.

„Natürlich."

Die Schwestern tänzelten aufgeregt durch den Flur und begannen, den Refrain von *Wir drei Könige* zu singen. Jeremy stimmte mit ein, und kurz darauf verabschiedeten sich die Schwestern mit Melchior, dem zweiten Weisen, im Gefolge.

Der Pastor atmete auf. Das würde vielleicht gar nicht so schwierig wie gedacht. Er würde die Figuren auf dem Rasen vor der Kirche aufstellen und die Gemeindemitglieder bitten, sich eine auszusuchen.

Nacheinander trug er die Figuren nach draußen. Gleichzeitig überlegte er, wen er anrufen und bitten könnte, eine von ihnen bei sich aufzunehmen.

Er ließ den Blick über das Krippenensemble schweifen.

Irgendetwas störte ihn. Was war es nur? Die Figuren waren vollkommen intakt und unbeschädigt. Sie sahen wunderschön aus. Aber …

Irgendetwas stimmte nicht.

Und dann fiel es ihm schlagartig auf: Das Jesuskind fehlte!

Er ging zurück in den Lagerraum und suchte den nun leeren Raum ab. Kein Jesuskind.

Wo konnte es nur sein? Er sah das Baby ganz deutlich vor sich. Klein und blass, kaum größer als ein richtiges Neugeborenes. Seine Hände waren ausgestreckt, die Handflächen nach oben gedreht, und es war in weiße Windeln gewickelt. Es konnte nicht aufrecht stehen wie die anderen Krippenfiguren. Vielleicht hatte jemand es eingepackt und in eine Kiste gelegt. Aber in welche? Er hatte doch alle Kisten durchgesehen und jede Ecke und jeden Winkel des Lagerraums abgesucht. Zumindest dachte er das.

Aber da waren noch die Kisten, die sie am Tag zuvor an das Sozialkaufhaus weitergegeben hatten. Altes Geschirr und die Vorhänge aus dem Pfarrhaus, außerdem noch alte Chormappen und anderen Kleinkram. Könnte das Jesuskind in einer der Kisten gelegen haben, die sie weggegeben hatten? *Du liebe Zeit!*

Pastor Higgins betrachtete die übrigen Figuren, die ihm jetzt sehr traurig vorkamen, als wüssten sie, dass die Hauptfigur in ihrem Stück fehlte.

Sein Herzschlag beschleunigte sich.

Wo war das Jesuskind nur? Es konnte doch nicht sein, dass der Pastor Jesus verloren hatte. Oder doch?

„Wir werden ihn finden", sagte er zu den anderen Figuren.

Aber als er an die Kisten für das Sozialkaufhaus dachte, war er sich dessen nicht mehr so sicher.

* * * * *

In der Zwischenzeit im Sozialkaufhaus …

„Sieh nur, was wir hier haben." Sue Johnson hielt das Jesuskind in die Höhe.

Die anderen Ehrenamtlichen, die die gespendeten Waren sortierten, hielten inne und bestaunten das Baby.

„Wer gibt denn so etwas weg?" Sue nahm die Plastikfigur in die Arme, als würde sie ein richtiges Baby halten.

„Die Leute geben die unglaublichsten Dinge weg", bemerkte Julius.

„Und die Leute kaufen die unglaublichsten Dinge", ergänzte Sue.

„Aber", fuhr Julius fort, „ich habe noch nie erlebt, dass jemand Jesus weggibt."

Er lachte.

Sue war gerade dabei gewesen, die neuesten Kisten auszupacken, die sie gespendet bekommen hatten. Altes Geschirr und alte Vorhänge. Dinge, die häufig bei ihnen abgegeben wurden. Und in einer dieser Kisten hatte sie das Jesuskind gefunden.

„Also dann: Hallo, Jesus", sagte sie. Ihr Blick ruhte auf seinem sanften, freundlichen Gesicht.

„Was mache ich jetzt mit dir?"

Sie hielt ihn eine Weile im Arm.

In welcher Abteilung soll ich Jesus unterbringen?, fragte sie sich.

Beim Spielzeug?

Nein, sie konnte ihn nicht zum Spielzeug räumen. Es erschien ihr nicht richtig, ihn zu den Puppen und den Teddybären zu legen.

Haushaltwaren?

Sie schüttelte den Kopf.

Gemischtwaren?

Okay. Sie ging in die Krimskrams-Abteilung und platzierte die Krippenfigur zwischen einer Lavalampe und einer Brotmaschine.

Doch mit einem Mal fühlten sich ihre Arme seltsam leer an, und ihr Blick wanderte erneut zu dem Baby.

Sie wollte es nicht zurücklassen.

Seit Jahren hatte Sue nicht mehr an Jesus gedacht, aber als sie ihn jetzt anschaute, bohrte sich ein tiefer Schmerz in ihr Herz. Da war so eine nicht greifbare Sehnsucht in ihr. Wonach, das wusste sie nicht so genau.

Vielleicht fehlte etwas in ihrem Leben.

Vielleicht hatte dieses Baby, dieser Jesus ihr etwas zu sagen.

„Aber was denn?", fragte sie ihn.

Er schaute sie unverwandt an, die Arme nach ihr ausgestreckt.

Als sie Feierabend hatte, ließ Sue Jesus im Laden zurück, aber auf der Heimfahrt musste sie unentwegt an ihn denken.

Ihr Weg führte sie an einer Kirche vorbei. Am Kirchengebäude hing ein Schild, das einlud, mittwochs zum Abendessen hereinzukommen. Heute war Mittwoch.

Hunderte Male war sie an dieser Kirche vorbeigefahren, doch dieses Mal fuhr sie auf den Parkplatz und beobachtete die Leute, die in das Gebäude strömten.

Vielleicht gab es hier ja doch etwas für sie. Sie stieg aus und ging Richtung Eingang.

Kapitel 2

Der Hirte

In dieser Nacht bewachten draußen auf den Feldern vor Bethlehem einige Hirten ihre Herden.
Lukas 2,8

„Hallo, Buck!“ Pastor Higgins stand in der Tür und winkte dem jungen Mann zu, der gerade den Rasen vor der Kirche mähte.

Buck winkte zurück. Die Sonne auf seinem Rücken tat ihm gut. Er erledigte gern die Gärtnerarbeiten rund um das Kirchengebäude. So kam er wenigstens mal raus aus seinem kleinen Zimmer im Wohnheim auf dem Collegecampus. Und es lenkte ihn von seinen negativen Gedanken ab. Die Arbeit auf dem Kirchengelände und das Rudern auf dem Fluss waren die beiden Dinge, die ihn antrieben. Dinge, die ihm halfen, nicht den Verstand zu verlieren.

Der Lärm des Rasenmäher-Motors übertönte alle anderen Geräusche, und das ständige Vor und Zurück mit dem Rasenmäher half ihm dabei, ein wenig abzuschalten. Rasenmähen war ähnlich wie rudern auf dem Fluss. Buck mochte Dinge, bei denen man nicht allzu viel nachdenken musste.

Als er heute früh am Morgen rudern gegangen war, war die Welt noch am Schlafen gewesen. Auch seine Muskeln mussten erst wach werden und sich an die Belastung gewöhnen, doch schon bald fand er seinen Rhythmus. Seine Füße waren in die Halterungen im Inneren des Bootes gepresst, seine Arme zogen die Ruder zurück und das Boot glitt vorwärts. An der Oberfläche wirkte das Wasser friedlich, doch Buck wusste, dass die Strömung darunter heimtückisch war, ähnlich wie die Emotionen im Inneren eines Menschen.

Auch das Rasenmähen war eine friedliche Tätigkeit. Das gleichmäßige Schieben des Mähers quer durch den ganzen Garten und der Geruch des frisch geschnittenen Grases taten seiner aufgewühlten Seele gut.

Erneut schaute er zu Pastor Higgins hinüber, der inmitten einer Gruppe von Plastikfiguren stand. Er hatte die Hände in die Hüfte gestemmt und schüttelte den Kopf. Vermutlich war er gestresst wegen der anstehenden Renovierungsarbeiten.

Am Ende der Rasenfläche angekommen, wendete Buck den Rasenmäher und schob ihn ein paar Meter versetzt wieder zurück. Ein hellgrüner, ebenmäßiger Graspfad blieb zurück.

* * * * *

Buck sog erneut den Duft des frisch gemähten Grases ein. Die warmen Sonnenstrahlen genoss er heute ganz besonders.

Am Morgen auf dem Fluss war es recht kühl gewesen. Bereits um fünf Uhr war er zum Bootshaus gefahren. Er besaß einen Schlüssel und konnte das schmale Boot ohne Hilfe herausholen.

Der Fluss war ganz ruhig. Das Wasser schlug nur sanfte Wellen, da so gut wie kein Wind herrschte. Die Morgensonne ging auf, und die vom Wasser zurückgeworfenen Strahlen blendeten ihn. Die beiden Enten, die ihn eine Weile begleitet hatten, gaben auf und flogen davon.

Das Ruderboot schnitt so sauber durch das Wasser wie ein Messer. Die Ruder in seinen Händen fühlten sich gut an, und er zog und zog und zog. Wenn er morgens allein auf dem Fluss ruderte, war er mit sich im Reinen. Alles war gut.

Er liebte jeden Meter dieses Flusses und kannte ihn gut. Die Weide nahe beim Ufer, auf der zwei Rotschimmel grasten, mochte er besonders gern. Jedes Mal, wenn er daran vorbeifuhr, erfreute er sich an der ländlich-friedvollen Atmosphäre.

Buck zog und zog, bis er die Weide hinter sich gelassen hatte und zum angrenzenden Wald gelangte. Am Flussufer watschelte ein Murmeltier zum Wasser, tauchte seine Nase hinein und schüttelte sich das Wasser aus dem Fell.

Er nahm immer den Zweier. Der Einer war ihm zu kurz. Und zu einsam.

Als er das Boot wieder ins Bootshaus zurückbrachte, traf er auf Ken. „Du bist wirklich unglaublich!“, staunte der. „Ein wahrer Frühaufsteher.“

Ken konnte natürlich nicht wissen, dass Buck so gut wie nie richtig schlief. Er brauchte meist Stunden, um einzuschlafen. Und wenn er dann endlich schlief, kamen die Albträume, und er schreckte schwitzend, zitternd und manchmal sogar schreiend aus dem Schlaf hoch.

Da war es besser, so wenig wie möglich zu schlafen und morgens früh aufzustehen.

„Würdest du morgen mal einen der Jungs mitnehmen?“, fragte Ken. Auf der anderen Seite des Flusses fand gerade ein Rudercamp für Jungen im Teenageralter statt. Sie waren laut und ausgelassen, boxten und schubsten sich ständig. Ken hatte beim Training alle Hände voll zu tun.

„Nein, lieber nicht.“ Buck schüttelte den Kopf. Er mochte den leeren Platz vor sich.

* * * * *

Pastor Higgins winkte Buck zu sich, der mit seinem Rasenmäher sogleich Kurs auf ihn und die Krippenfiguren nahm.

„Soll ich die wegbringen?“

„Nein, Buck, wegen der Renovierung mussten wir den Lagerraum ausräumen. Einige Gemeindemitglieder haben sich bereit erklärt, eine Krippenfigur bis Weihnachten mit nach Hause zu nehmen.“ Er hielt kurz inne und fragte schließlich: „Könntest du auch eine von ihnen mitnehmen?“

Buck betrachtete die Figuren. Er war es nicht gewohnt, mit einbezogen zu werden. Er mochte es, allein zu sein. Das war sicherer. Aber er mochte auch Pastor Higgins.

„Ich weiß nicht", erwiderte Buck. „Ich wohne immer noch im Wohnheim."

„Kein Problem. Ich finde sicher jemand anderen."

„Nein, nein", ruderte Buck zurück, „ich möchte Ihnen helfen. Ich nehme ihn." Er deutete auf den jungen Hirten, der sich schwer auf seinen Hirtenstab stützte. In der freien Hand hielt er ein kleines Lamm.

Buck stellte sich vor, wie der Hirte in seinem winzigen Zimmer im Wohnheim stand. Es würde eng werden.

„Reservieren Sie ihn für mich. Wenn ich fertig bin, nehme ich ihn mit."

Er hoffte nur, dass der Hirte in seinen Jeep passte.

„Vielen Dank!" Pastor Higgins lächelte ihn an.

Buck lächelte zurück, so gut er konnte, und machte sich wieder an die Arbeit. Er zog an dem Seil und startete den Motor.

Auf der anderen Seite des Rasens stand der Hirte und schaute ihm zu.

* * * * *

Als Kinder hatten Buck und sein Bruder Bruno beim Krippenspiel in der Kirche mitgewirkt. Sie hatten zwei Hirten gespielt.

Wie stolz Buck gewesen war! Er trug den hellblauen Bademantel seiner Mutter, auf dem Kopf ein Geschirrtuch, das mit einem Lederschnürsenkel festgebunden war, und natürlich durfte auch ein typischer Hirtenstock nicht fehlen. So verkleidet warteten er und Bruno im hinteren Teil der Kirche auf ihren großen Auftritt.

Zuerst betraten Maria und Josef, die immer von den größeren Kindern gespielt wurden, die Bühne. Maria hielt eine in ein Tuch gewickelte Babypuppe im Arm.

Dann kam der zottelige Esel in seinem braunen Kostüm durch

den Gang geschlendert. Danach drei Schafe, die von den Kindergartenkindern gespielt wurden. Sie trugen Kostüme, die mit Wattebäuschen besetzt waren, und Kopfbänder mit weiß-rosa Ohren.

Und schließlich hatten auch die Hirten ihren großen Auftritt.

Buck erinnerte sich noch, dass es immer mindestens zwei in ihrem Krippenspiel gegeben hatte. Sein Blick wanderte zu seinem Hirten, der zwischen den anderen Krippenfiguren stand. Er wirkte irgendwie einsam. Er brauchte einen zweiten Hirten, der ihm Gesellschaft leistete, so wie Bruno –

Buck zwang sich, nicht an seinen Bruder zu denken. Das tat er immer, wenn ihn schmerzliche Erinnerungen einzuholen drohten …

* * * * *

Buck konzentrierte sich wieder auf das Rasenmähen. Vor und zurück. Wenn er an den Figuren vorbeikam, schaute er zu seinem Hirten hinüber.

Für das Krippenspiel hatte ihre Sonntagsschullehrerin den Hirten die Gesichter mit Asche eingerieben und auch ihre Gewänder damit bestäubt, damit sie schmutzig wirkten, wie richtige Hirten eben. Im Vergleich zu den drei Weisen in ihren feinen Gewändern sahen sie schäbig und verlottert aus.

„Die Hirten waren unrein", hatte ihre Lehrerin ihnen erklärt. „Sie durften die Stadt Bethlehem nicht einmal betreten."

Was für eine Ehre und Überraschung musste es für diese abgezehrten und schmutzigen Hirten gewesen sein, als die Engel zu ihnen gekommen waren. Ausgerechnet zu ihnen!

Die Stimme des Erzählers der Weihnachtsgeschichte klang noch in seinem Kopf nach. *In dieser Nacht bewachten draußen auf den Feldern vor Bethlehem einige Hirten ihre Herden.*

Und dann waren sie durch den Gang gekommen, Buck und Bruno und die kleinen Schafe mit ihren Wattebauschkostümen, und es war irgendwie genau richtig gewesen. Bruno und er hatten nie in die Kirche gepasst. Aber die Rolle der Hirten beim Krippenspiel war absolut perfekt für sie gewesen.

Das alles war schon lange her, und seither war viel geschehen.

Dr. Morgan hatte Buck ermutigt, das Rudern beizubehalten. Sie meinte, das sei eine „therapeutische" Maßnahme. Und Buck konnte ihr nur zustimmen. Für ihn bedeutete das Rudern Frieden, ein paar Stunden, in denen er seine bedrückenden Gedanken verdrängen und einfach nur sein konnte. Ein paar Stunden Erleichterung von dem Zorn, der immer wieder in ihm hochstieg.

Der Fluss war wie sein Leben. Äußerlich heiter und ruhig. Buck konnte viele Seminare gleichzeitig belegen, Vorlesungen und Prüfungen und Hausarbeiten mit Leichtigkeit schaffen. An der Oberfläche wirkte er gelassen, aber in seinem Inneren versteckten sich tückische Strömungen.

Niemand wusste um seine Nächte. Niemand wusste um den Stress, unter dem er stand. Niemand außer Dr. Morgan.

Der Trainer seiner Rudermannschaft hatte Buck gedrängt, Dr. Morgan aufzusuchen, nachdem es geschehen war. Bucks Wutausbruch hatte ihn hellhörig werden lassen.

Bei seinem ersten Besuch in Dr. Morgans Praxis war Buck sehr zornig gewesen. Zornig darüber, dass er zu einem Psychiater gehen sollte. Einen Seelenklempner aufsuchen, was sollte das schon bringen? Er war wütend auf die ganze Welt. Deshalb setzte er sich erst gar nicht hin, sondern lief wie ein Tier im Käfig in dem kleinen Sprechzimmer auf und ab.

„Möchten Sie etwas trinken?"

Er warf der Therapeutin einen finsteren Blick zu. „Ich bin doch nicht zu einer Teeparty hier!", fuhr er sie an.

„Warum sind Sie denn hier?", fragte sie ruhig.

Ihre Ruhe entfachte seinen Zorn erst recht.

„Sie wissen doch genau, warum ich hier bin", antwortete er. „Mein Trainer hat mich hergeschickt."

„Was meinen Sie, warum er Sie hergeschickt hat?"

Bucks Zorn wurde so groß, dass er ihr keine Antwort geben

konnte. Er stürmte aus dem Sprechzimmer und knallte die Tür hinter sich zu. Er rannte die Treppen hinunter zum Parkplatz, wo er seinen Jeep geparkt hatte, setzte sich ans Steuer und legte den Kopf auf das Lenkrad.

Warum hatte er das gemacht? Warum hatte er die Tür hinter sich zugeschlagen und war dann abgehauen?

Er wollte nicht so empfinden. Er wollte nicht so handeln.

Er stieg die Treppe wieder hoch und klopfte an Dr. Morgans Tür. Sie öffnete ihm und blickte ihn freundlich an. Als wäre er nie weggelaufen.

„Warum sind Sie hier?", fragte sie erneut.

Dieses Mal nahm er auf dem Ledersofa Platz.

„Ich habe jemanden geschlagen", gestand er. Und dann fingen sie an zu reden.

Seine Gefühle waren wie der Fluss. Tiefe Unterströmungen zerrten an ihm. Oberflächlich schien alles in Ordnung zu sein, aber tief unten herrschte Dunkelheit.

* * * * *

Während er den Rasenmäher zur Gartenhütte zurückschob, dachte er über den Hirten nach. Dieser einfache Mann aus Plastik hatte die Erinnerungen an seinen Bruder und das Krippenspiel zurückgebracht. Gute Erinnerungen. Ein warmes Gefühl durchströmte Buck.

Er dachte an sich und seinen Bruder in dem großen, massiven Ruderboot, das sein Großvater immer an den Bootssteg des Santee Rivers angebunden hatte. Damit ruderten sie Tag für Tag hinaus, um Krabbenfallen auszulegen oder Barsche zu angeln. Seite an Seite saßen sie auf der verwitterten Bank und griffen nach den Rudern, die in den verrosteten Metallringen hingen, dann setzten sie das Boot in Bewegung.

Ihre nackten Füße waren gegen das feuchte Holz auf den Boden des Bootes gedrückt. Mit aller Kraft kämpften sie gegen den Widerstand des Wassers an, während ihnen die Sonne auf ihre gebräunten Rücken schien.

Diese Zeit erschien Buck heute unschuldig und sorgenfrei. Zwei Jungen an einem sonnigen Tag auf dem Wasser.

Von klein auf waren sie zusammen rudern gegangen. Das Ziehen der Ruder einte sie, und sie ruderten im selben Rhythmus, beinahe so, als wären sie ein und dieselbe Person. Vier gebräunte Hände umklammerten die beiden Ruder. Vier dünne Ärmchen zogen mit vereinten Kräften. Zwei blonde Köpfe beugten sich gemeinsam hinunter und kamen wieder hoch. Zwei strahlende Gesichter mit Sommersprossen, die sich auf den vor ihnen liegenden Weg konzentrierten.

Nacheinander überprüften sie die Krabbenfallen. Buck zog das Seil hoch, bis die Falle aus dem Wasser auftauchte. Bruno öffnete die Holzkiste hinten im Boot, und gemeinsam schüttelten sie die Krabben aus der Falle in die Kiste und warfen schnell den Deckel zu, damit die Scheren der Tiere sie nicht erwischten.

Als Bruno nach der Highschool aufs College ging, entdeckte er das Rudern als Sportart für sich. Er trat der Rudermannschaft bei, und Buck lauschte mit Begeisterung den Geschichten, die Bruno ihm erzählte, wenn er übers Wochenende oder während der Semesterferien nach Hause kam. Er berichtete spannende Dinge von Ruderwettkämpfen und dem Wetteifern der Studenten.

Aber irgendwie machten seine Geschichten Buck auch traurig. Bruno war weitergezogen und brauchte ihn nicht mehr.

Bruno schien sein langes Gesicht zu bemerken.

„Ich rudere jeden Morgen", sagte er. „Ganz allein. Aber ich nehme immer den Zweier. Der vordere Platz bleibt leer", tröstete er ihn. „Den habe ich für dich reserviert."

Buck lächelte. Mehr brauchte er nicht zu wissen.

Während die Zeit verging und Buck jeden Morgen allein mit dem alten Ruderboot hinausfuhr, dachte er an Bruno, der allein in seinem Zweierboot ruderte und den vorderen Sitz für ihn reserviert hatte.

Buck folgte Bruno schließlich aufs College, und wieder waren sie zwei Brüder, die dieses Mal zwar hintereinander im Boot saßen, aber dennoch eins waren im Rhythmus des Ruderns und in dem Willen, das Boot voranzutreiben.

* * * * *

Der Hirte von Pastor Higgins' Krippenfiguren war leicht. Buck trug ihn mühelos zu seinem Jeep und legte ihn in den Kofferraum, wobei der Kopf des Hirten aus der geöffneten Heckklappe ragte. Auf dem Weg durch die Stadt bemerkte Buck die Blicke, die ihm zugeworfen wurden, und er lächelte. Es war schön, Gesellschaft zu haben, auch wenn die Gesellschaft nur aus Plastik war.

Er trug den Hirten in sein Zimmer und legte ihn auf das leere Bett. Brunos Bett. Nach dem Unfall seines Bruders hatte Buck keinen neuen Mitbewohner zugewiesen bekommen.

Die Erinnerung an sein letztes Gespräch mit Bruno verfolgte ihn. Bruno hatte versucht, Buck aufzuwecken, weil er mit ihm rudern wollte, aber Buck war am Abend zuvor feiern gewesen und hatte sich das Kissen über den Kopf gezogen.

„Steh auf, Bruderherz", sagte Bruno, aber draußen es war noch dunkel, und Buck hatte keine Lust.

„Nö", stöhnte er und kniff die Augen zusammen.

„Du verpasst was", erklärte Bruno.

Er probierte es noch ein letztes Mal und zog dann allein los.

„Dann eben nicht", sagte er, als er das Zimmer verließ.

Es war das letzte Mal, dass Buck Bruno sah.

Einige Zeit, nachdem Bruno hinausgegangen war, wurde Buck von einem lauten Donnerschlag geweckt und war erleichtert, dass er nicht mit seinem Bruder zum Rudern gegangen war. Der Gedanke, dass Bruno etwas passiert sein könnte, kam ihm nicht. Er war der Ältere, Stärkere.

Aber es war etwas passiert. Zwei Stunden später stürmte einer seiner Kommilitonen in Bucks Zimmer. Mit vor Schreck geweiteten Augen starrte er ihn an.

„Komm mit“, sagte er.

„Was ist los?“

„Bruno!“, sagte sein Kommilitone. Furcht ergriff Buck. Gemeinsam rannten sie hinaus auf den Parkplatz, wo ein Polizeiauto im prasselnden Regen stand.

Später sagte man ihm, das Gewitter sei ganz plötzlich aufgezogen. Bruno war wie üblich frühmorgens rudern gegangen, und niemand hatte mit einem solchen Wetterumschwung gerechnet. Die Wolken hatten sich dunkel und bedrohlich zusammengeballt, und man vermutete, dass Bruno vom Blitz getroffen worden war.

Sein Bruder hatte ihn zum zweiten Mal verlassen, war weitergezogen wie damals, als er aufs College ging. Aber dieses Mal gab es keine Besuche und keine Geschichten. Gar nichts.

Wäre es anders ausgegangen, wenn sie zusammen gewesen wären?

Der Zorn baute sich wieder in Buck auf. Doch er hatte mittlerweile gelernt, ihn im Zaum zu halten. Dr. Morgan hatte ihm geraten zu atmen, wenn er die Wut hochkommen spürte. Also atmete er tief ins Zwerchfell, wie sie es ihm gezeigt hatte.

* * * * *

Wenn Buck an die bedrohlichen Wolken und den Blitz dachte, der seinen Bruder getroffen hatte, dann war er unglaublich böse auf Gott. Wie hatte er ihm seinen Bruder nehmen können?

Bucks Zorn richtete sich aber nicht nur gegen Gott, sondern gegen alles und jeden. Seine Freunde gingen ihm aus dem Weg. Seine Mannschaftskameraden wollten nichts mehr mit ihm zu tun haben.

Dr. Morgan hatte ihm geholfen, mit seinem Zorn umzugehen, und es war auch schon besser geworden, aber er verstand es immer noch nicht. Warum Bruno? Dr. Morgan meinte, es sei gut, wenn er darüber reden oder schreiben oder es irgendwie zum Ausdruck bringen würde. Aber Buck konnte nicht gut über seine Gefühle reden. In seinem Elternhaus hatte man ihm das nicht beigebracht.

Das war der Zeitpunkt gewesen, als er angefangen hatte, für Pastor Higgins den Rasen zu mähen. Einer Kirche wollte er keinesfalls beitreten. So nah wollte er Gott nicht kommen. Gott hatte ihm seinen Bruder genommen. Aber Pastor Higgins mochte er.

Wo war Bruno jetzt? Diese Frage beschäftigte ihn. Pastor Higgins hatte ihn einmal gefragt, was er denn glaube. Buck wusste es nicht mit Sicherheit, aber seiner Meinung nach war Bruno im Himmel.

* * * * *

„Warum musste das passieren?", fragte Buck den Hirten, der neben ihm saß, aber der Mann aus Plastik antwortete nicht.

Er wollte gern wieder an Gott glauben, so wie früher, als Bruno noch am Leben gewesen war.

Die Vorstellung, dass es einen Himmel gab, hatte etwas Tröstliches an sich. Buck hatte gelesen, im Himmel gebe es einen Fluss. So stellte er sich Bruno vor: Nicht in einem weißen Gewand und mit einer Harfe auf einer Wolke schwebend, sondern rudernd auf einem wunderschönen, glasklaren Fluss. Vielleicht ruderte sein Bruder wieder mit einem leeren Vordersitz und wartete auf ihn.

Die Enge in seiner Brust löste sich, und Buck schloss die Augen.

Ein Gebet schlich sich in sein Herz und machte es weicher.

„Ich hätte ihn aufhalten sollen", sagte er zu dem Hirten, doch eigentlich war das Gesagte an Gott gerichtet.

Der Hirte hielt das kleine Lamm fest und schaute Buck an. Sein Blick war freundlich.

Hirten hielten Wache bei ihren Herden in der Nacht.

Ein Gedanke blitzte in Bucks Kopf auf. Jesus war der gute Hirte. Vielleicht wachte Jesus über ihm wie die Hirten über ihren Herden. Dass der gute Hirte in der Nacht über ihm wachte, war tröstlich. Denn die Nächte waren besonders schlimm für ihn.

Er dachte an das Trainingslager der Jungen auf der anderen Seite des Flusses. Er könnte ebenfalls eine Art Hirte sein. Er könnte den

Jungen helfen, und vielleicht würden sie anschließend die richtigen Entscheidungen für ihr Leben treffen.

Die Hände des Hirten hielten das Schaf, und Buck spürte, dass auch er gehalten wurde.

„Danke“, sagte er zu dem Mann aus Plastik.

Und während er die Hände des Hirten betrachtete, wurden sie zu seinen Händen, die bereit waren, für andere da zu sein.

„Danke“, sagte er noch einmal, diesmal jedoch als Gebet.

Der Zorn in ihm lockerte seinen Griff, und Bruno atmete tief durch. Frieden durchströmte ihn.

* * * * *

Am nächsten Morgen wartete er am Bootssteg auf Ken. „Ich nehme den Zweier“, erklärte er. „Braucht einer der Jungen ein bisschen Training?“

Ken lächelte. „Da sind ein paar, die nur zu gern mit dir rudern würden.“ Er rief einen Namen, und sofort kam einer der jüngeren Teenager auf sie zugelaufen. Buck deutete auf den leeren Sitz vor sich.

„Möchtest du mitkommen?“, fragte er den Jungen. „Ich kann dir ein paar Tipps geben.“

Der Junge strahlte ihn an.

„Ich hole nur schnell meine Sachen“, sagte er und rannte zum Bootshaus zurück.

Buck betrachtete den leeren Sitz und dachte an Bruno. Brunos Lächeln. Seine angespannten Armmuskeln, wenn er ruderte. Der Blick, den er zu ihm zuwarf, wenn Buck ihn über die Schulter hinweg anlächelte und ihm zunickte.

„Mach's gut, Bruno. Wir werden uns wiedersehen.“

Er atmete durch. Der Zorn war weg. An seine Stelle war Hoffnung getreten.

Der Fluss war geheimnisvoll und tief, genau wie Gott.

Buck schaute ein letztes Mal auf den leeren Sitz vor sich und stellte sich vor, wie Bruno im Himmel den Fluss entlangruderte. „Und halte den vorderen Sitz für mich frei."

* * * * *

In der Zwischenzeit im Sozialkaufhaus …

„Wie viel kostet Jesus?"

Eigentlich hatte Marjorie nach einem schwarzen Pullover gesucht. Sie freute sich immer, wenn sie ein Schnäppchen machte. Ein Schnäppchen würde sie auch diesmal aufmuntern. Heute Morgen nach dem Aufwachen hatte sie sich niedergeschlagen und einsam gefühlt – und beschlossen, sich einen Einkaufsbummel zu gönnen.

Einige ihrer schönsten Kleidungsstücke hatte sie im Sozialkaufhaus gefunden. Sie besaß sogar eine Webpelzjacke. Und ein grünes Samtkleid, das vermutlich einmal der Großmutter von jemandem gehört hatte.

Sie war auf dem Weg zur Damenabteilung gewesen, als sie das Jesuskind in der Gemischtwarenabteilung entdeckt hatte. Ausgestreckte Arme. Helle kleine Augen, die sie interessiert anblickten.

Es hatte etwas an sich gehabt, wie es da zwischen Kaffeemaschinen und alten Lampen lag. Sie hatte es hochgenommen, konnte aber kein Preisschild entdecken.

„Wie viel kostet Jesus?", fragte sie erneut. Das Mädchen im nächsten Gang beantwortete ihre Frage.

„Alles in dieser Abteilung kostet fünf Dollar."

Marjorie betrachtete das Baby in ihren Armen. Wie konnte man Jesus einen Preis geben?

„Ich nehme ihn", sagte sie. Lächelnd legte sie die Figur in den Einkaufswagen.

Sie ging zur Kasse und reichte dem Mädchen einen Fünfdollarschein. Der schwarze Pullover war vergessen.

Sie setzte Jesus auf den Beifahrersitz, schnallte ihn an und fuhr langsam nach Hause. An jeder Ampel blickte sie zu dem Baby hinüber und lächelte.

Erinnerungen an ihre eigenen Kinder überfielen sie; Kinder, die jetzt erwachsen waren und auf eigenen Beinen standen. Sie erinnerte sich, wie sie mit ihnen in den Gottesdienst gegangen war, an all die Lieder von Jesus, die sie gesungen hatten, und an die Geschichten.

„Jesus liebt mich, ganz gewiss", sang sie laut – und war überrascht, wie klar und zuversichtlich ihre Stimme dabei klang. Das tat ihr gut. Sie war nicht allein.

„Denn die Bibel sagt mir dies."

Ein Mann im Auto neben ihr schaute zu ihr herüber. Sie winkte ihm zu. Er wandte sich ab.

Wen kümmerte es? Jesus war bei ihr.

„Ja, Jesus liebt mich!" Mit jeder Zeile sang sie lauter.

Bei der letzten Zeile fuhr sie in ihre Einfahrt und schaltete den Motor aus.

„Denn die Bibel sagt mir dies."

Sie schnallte das Baby ab und lächelte. „Du bist diese fünf Dollar wirklich wert."

Jesus schaute unverwandt zu ihr hoch. Ein sanftes Lächeln umspielte seine Babylippen.

„Danke."

Kapitel 3

Maria

„Hab keine Angst, Maria“, redete der Engel weiter. „Gott hat dich zu etwas Besonderem auserwählt. Du wirst schwanger werden und einen Sohn zur Welt bringen. Jesus soll er heißen.“ – „Ich will mich dem Herrn ganz zur Verfügung stellen“, antwortete Maria. „Alles soll so geschehen, wie du es mir gesagt hast.“ Darauf verließ sie der Engel.
Lukas 1,30–31.38

Donna hielt das weiße Plastikstäbchen in der Hand. Mit angehaltenem Atem saß sie auf dem Badewannenrand und wartete. Sie konnte sich einfach nicht überwinden, auf den Schwangerschaftstest zu schauen.

Was, wenn sie tatsächlich schwanger war? Das wäre wundervoll. Mit vierzig hatte sie die Hoffnung auf ein Kind eigentlich schon aufgegeben. Aber wenn es nun doch geschehen war? Ihr Herz flatterte ein wenig vor Freude.

Doch was würde Richard sagen?

„Wünschst du dir eigentlich Kinder?“ Donna hatte sich lange Zeit nicht getraut, ihm diese Frage zu stellen, aber als das Thema Hochzeit im Raum stand, hatte sie es einfach wissen müssen.

„Sch“, hatte er nur gesagt und ihr den Zeigefinger auf den Mund gelegt, „mach dir deswegen keine Gedanken. Kinder sind mir nicht so wichtig. Du bist alles, was ich brauche.“

Damals hatte diese Antwort sie beruhigt. In Richards Umarmung hatte sie seine Liebe gespürt. Sie war erleichtert gewesen, dass er seinen Traum von einem eigenen Kind nicht aufgeben musste, weil er eine Frau heiratete, die zu alt war, um Kinder zu bekommen.

In ihrem Alter war die Chance, schwanger zu werden, gering, das war Donna bewusst. Es war gut, dass Richard nicht unbedingt Kinder haben wollte. Sie selbst hatte diesen Traum bereits vor Jahren begraben.

Doch als sie jetzt hier im Bad hockte, das Teststäbchen in der Hand hielt und auf das Ergebnis wartete, beschlichen sie Zweifel. Wäre eine Schwangerschaft eine gute Neuigkeit? Oder eine schlechte?

Die Übelkeit war das erste Anzeichen gewesen. Donna hatte nie Probleme damit gehabt. Und dann hatte sie eines Morgens gerade einen Herbstkranz an der Haustür aufgehängt, als ihr schrecklich übel wurde und sie sich auf die Treppe setzen musste. Den restlichen Vormittag verbrachte sie im Bett.

Richard machte sich große Sorgen um sie.

„Morgen musst du unbedingt zu Dr. Amos gehen", sagte er und versorgte sie mit Suppe und Ginger Ale. „Vielleicht brütest du etwas aus."

„Das ist nichts", winkte sie ab. „Vermutlich das mexikanische Essen von gestern Abend."

Doch am nächsten Morgen kehrte die Übelkeit zurück. Wieder blieb sie im Bett liegen, bis die Übelkeit vorüber war.

Später an jenem Tag war ihr der Gedanke gekommen. Vielleicht war sie schwanger …

Sie verhüteten nicht. Schließlich waren die Chancen, mit vierzig schwanger zu werden, äußerst gering. Das hatte ihr Gynäkologe gesagt, und da sie Medikamente nur dann nahm, wenn es sich nicht umgehen ließ, hatte sie sich gegen die Antibabypille entschieden.

Aber so war das mit der Statistik. Selbst eine geringe Chance war eine Chance, und jemand musste ja die Ausnahme sein. Jetzt war sie es vielleicht.

Donna senkte den Blick auf das weiße Plastikstäbchen, und da stand es ganz deutlich im Fenster des Teststreifens: SCHWANGER.

Sie ließ das Stäbchen fallen, als hätte es ihr die Hand verbrannt. Ihr Herz tat einen Satz. Dann bückte sie sich langsam, um den Teststreifen wieder aufzuheben.

Das Wort stand immer noch da.

SCHWANGER.

Ein lebensveränderndes Wort. Ein Kind von Richard, dem Mann, den sie liebte. Ein Kind, das ihr geordnetes und ruhiges Leben durcheinanderbringen würde ...

Vielleicht sollte sie noch einen Test kaufen, nur um sicherzugehen. Nein, da stand es schwarz auf weiß. Sie war wirklich schwanger.

Freude machte sich in Donna breit, ein unbeschreibliches Glücksgefühl und Staunen. Sie würde Mutter werden! Eigentlich hatte sie diesen Traum längst aufgegeben, doch jetzt würde sie tatsächlich ein Kind bekommen. Sie würde Leben schenken. Wie glücklich sie sich schätzen konnte! Das war ein wundervolles Geschenk von Gott. Sie legte die Hände auf den Bauch und sprach ein leises Gebet.

Aber was war mit Richard? Sie erinnerte sich an seinen Gesichtsausdruck, als sie ihn gefragt hatte, ob er sich Kinder wünsche. „Du bist alles, was ich brauche", hatte er geantwortet.

Ihre Freude wich der Unsicherheit.

Was, wenn er sich über die Neuigkeit gar nicht so freute wie sie? Das könnte sie nicht ertragen.

Ihre Heirat hatte einen tiefen Einschnitt für sie beide bedeutet und gravierende Veränderungen mit sich gebracht. Ihren Kater Mr Darcy hatte Richard nur schwer akzeptieren können. Er hatte sich Mühe gegeben, sich an das Tier zu gewöhnen. Nach ihrer Verlobung hatte er ihr ein hübsches mit Steinen besetztes Halsband für den Kater geschenkt, was sie als eine nette Geste empfand.

Doch als sie Mr Darcy das Halsband anlegte, wälzte er sich auf dem Boden und versuchte, es wieder loszuwerden. Dann protestierte er mit lautem Maunzen und wilden Luftsprüngen. Sie nahm es ihm wieder ab, und seither war das Halsband in der Versenkung verschwunden.

Als Richard nach ihrer Hochzeit in ihr Haus gezogen war, hatte

Mr Darcy sich unter das Bett im Gästezimmer verkrochen und war drei Wochen lang nicht mehr hervorgekommen.

Richard und der Kater kamen einfach nicht miteinander aus. Selbst jetzt hatte er noch seine Probleme mit dem Tier. Große Probleme. Wie würde er mit einem Baby klarkommen?

* * * * *

Wann sollte sie Richard die große Neuigkeit beibringen? Im Augenblick war er in der Kirche und probte das Orgelstück für Sonntag. Donna wollte ihn gleich dort abholen und anschließend zur Werkstatt fahren, um seinen Wagen zu holen.

Sie schnappte sich ihre Handtasche und ging zur Tür. Sie würde abwarten, wie seine Stimmung war.

Sie stieg in ihren Wagen und schnallte sich an. Ihre Hand ruhte einen Augenblick auf ihrem Bauch. Ein Baby. Sie konnte es immer noch nicht fassen.

Auf der Fahrt wirbelten ihre Gedanken durcheinander.

Ich muss es ihm sagen.

Ich kann es ihm nicht sagen.

Aber ich muss es ihm sagen.

Aber ich kann es ihm nicht sagen.

Auf dem Parkplatz vor der Kirche standen die Fahrzeuge einer Baufirma. Auf dem Rasen waren die Krippenfiguren aufgereiht. Donna blieb stehen, um sie zu bewundern. An einem warmen Herbsttag wie diesem wirkten sie ein wenig fehl am Platze. Sie passten besser in die Kälte eines winterlichen Dezembertages.

„Hallo, Donna“, rief Pastor Higgins, „könntest du dir vorstellen, eine dieser hübschen Figuren bis Weihnachten mit nach Hause zu nehmen? Während der Umbauarbeiten haben wir im Kirchengebäude keinen Platz für sie.“

Donna betrachtete die Figuren. Das stattliche Kamel. Den Esel, der zum Kirchgarten hinüberblickte. Den einsamen Weisen, der ein blaues Fläschchen in der Hand hielt, als wolle er es ihr anbieten.

Josef, der sich vorbeugte und sie lockte, ihn zu beherbergen. Aber es war Maria, die ihre Aufmerksamkeit fesselte. Sie kniete auf dem Rasen, die Arme ausgestreckt nach einem nicht vorhandenen Baby.

Donna schaute in ihr zufriedenes Gesicht. Plötzlich füllten sich ihre Augen mit Tränen. Sie blinzelte sie fort und hoffte, dass der Pastor sie nicht bemerkt hatte. Ein unbeschreibliches Glücksgefühl durchströmte sie. *Ich werde Mutter!*

„Ich nehme Maria."

„Eine gute Wahl."

Vorsichtig hob sie die Figur hoch. Sie war ungewöhnlich leicht.

„Los geht's, Maria", sagte sie.

Maria im Arm zu haben, war irgendwie tröstlich. Donna ging zurück zum Parkplatz, öffnete die Heckklappe ihres Wagens und legte die Figur in den Kofferraum. Um sie vor der Sonne zu schützen, breitete sie eine leichte Decke über ihr aus.

„Ich bin gleich wieder da." Ganz vorsichtig schloss sie die Heckklappe. Vielleicht sollte sie Richard noch nichts von dem Baby erzählen. Sie waren auch so glücklich miteinander, und sie wollte ihr Glück nicht gefährden, indem sie ihm eine Neuigkeit überbrachte, über die er sich vielleicht gar nicht freute.

Seine Worte verfolgten sie. *Kinder sind mir nicht so wichtig. Du bist alles, was ich brauche.*

Sie sollte nichts überstürzen. Zuerst würde sie Dr. Amos aufsuchen.

Ihr Blick wanderte zum Kirchengebäude.

Richard trat aus der Seitentür und kam auf sie zu. Im Arm hielt er ein Bündel Papiere, vermutlich seine Noten. In seiner Musik konnte er sich verlieren. Sie liebte seinen Gang, ein wenig steif und gemessen. Lächelnd winkte sie ihm zu. Als er sie entdeckte, winkte er zurück, kam auf sie zu und begrüßte sie mit einem Kuss.

Vielleicht würde sie es ihm doch schon jetzt erzählen. Sie war so unglaublich aufgeregt, und sie wollte die Neuigkeit gern mit ihm teilen.

Sie stiegen in den Wagen und fuhren vom Parkplatz.

„Was hast du im Kofferraum?", fragte er.

„Maria."

Donna fädelte sich in den Verkehr ein. Richard, der gedanklich noch bei seiner Musik war, fragte nicht einmal nach, warum Maria in ihrem Kofferraum lag.

„Wie war deine Probe?"

„Ich habe Mühe mit dem Fingersatz für das Präludium. Irgendwie klappt das immer noch nicht richtig."

Die Probe war nicht so gut gelaufen, wie er gehofft hatte. Vielleicht sollte sie mit der Neuigkeit doch lieber noch ein wenig warten.

* * * * *

Sie hielten an einer Ampel und Donnas Gedanken wanderten in die Vergangenheit.

Richard hatte ihr auf der Hochzeit eines befreundeten Paares einen Heiratsantrag gemacht. Das war so romantisch gewesen.

Ihre eigene Hochzeit war ohne großes Brimborium vonstattengegangen und einfach wunderschön gewesen. Die Trauung hatte an einem herrlichen, sonnigen Frühlingstag im Kirchgarten stattgefunden, und nur ihre engsten Freunde und Verwandten waren dabei gewesen. Kein Empfang, kein feierliches Schreiten durch den Mittelgang, nur sie beide standen vor Pastor Higgins.

Nach der Hochzeit hatten sie ihre Flitterwochen in den Smoky Mountains verbracht, bevor sie sich ihrem Alltag als Mann und Frau stellten. Als Mann und Frau mit Kater.

Richard war bei ihr eingezogen. Sein Haus hatten sie an einen Lehrer vermietet.

Donna genoss das Zusammenleben mit Richard. Sie mochte es, wenn seine Haare nach dem Aufwachen in alle Richtungen abstanden, und sie mochte sogar seine Bartstoppeln, die sie beim Gute-Morgen-Kuss pieksten.

Sie fühlte sich von ihm geliebt. Sie vertrauten einander und konnten offen und ehrlich miteinander reden.

Sie legte die Hand auf ihren Bauch. Bald wären sie zu dritt.

„Richard?“

„Hm?“ Er hielt den Blick auf seine Notenblätter gerichtet, in die er sich vertieft hatte.

Die Ampel schaltete auf Grün. Donna konzentrierte sich wieder auf die Straße. Richards „Hm“ zeigte ihr, dass er ihr gerade ohnehin nicht richtig zuhörte. In Gedanken war er noch bei seiner Musik.

Nein, das war nicht der richtige Zeitpunkt.

Sie seufzte und beschloss, für den Rest der Fahrt zu schweigen.

Als sie bei der Werkstatt ankamen, stieg er aus, und sie beobachtete ihn, wie er den Parkplatz überquerte, um seinen Wagen in Empfang zu nehmen.

Dass sie in ihrem Leben einmal ein so großes Glück erleben würde, damit hatte Donna nicht gerechnet. In ihrer Jugend hatte sie keine große Hoffnung gehabt, einen netten Mann kennenzulernen. Sie war nie zum Tanzen oder auch nur auf einen Kaffee eingeladen worden.

Früher hatte sie die fröhlichen, kichernden und herumalbernden Mädchen immer beneidet. Sie selbst war schon ernst zur Welt gekommen. Doch Richard schien gerade das an ihr zu mögen. Er mochte es, Scrabble mit ihr zu spielen oder sich gemeinsam mit ihr Dokumentationen im Fernsehen anzuschauen. Er teilte ihre Vorliebe für Ordnung und Stille und hatte selbst gern seine Ruhe. Mit einem Kind wäre es damit vorbei. Und doch …

Darüber wollte sie jetzt nicht nachdenken. Morgen würde sie Dr. Amos aufsuchen. Dann hatte sie Gewissheit und keine andere Wahl mehr, als Richard die Neuigkeit zu erzählen.

„Also gut, Maria“, sagte sie, als sie die Krippenfigur aus dem Kofferraum nahm. „Wir werden es ihm morgen sagen.“

In diesem Moment erinnerte sie sich daran, was der Engel zu Maria gesagt hatte. *Hab keine Angst!* Das waren gute Worte, wenn plötzlich ein Himmelsbote vor einem stand. Oder wenn man vermutete, schwanger zu sein.

Hab keine Angst. Sie würde sich an diesen Worten festhalten.

Wie demütig Maria die Nachricht angenommen hatte! *Alles soll so geschehen, wie du es mir gesagt hast.* Auch das waren gute Worte.

Donna war erstaunt darüber, welch großen Glauben Maria bereits als junges Mädchen gehabt hatte. Sie hatte Gott ihr Leben und ihre Zukunft anvertraut. Diese Art von Glauben wünschte Donna sich auch. Wenn sie in dieser Situation nur die gleiche Kraft hätte wie Maria.

Aber die hatte sie nicht.

* * * * *

Am nächsten Morgen bestätigte Dr. Amos Donnas Vermutung. Nach dieser Untersuchung wurde es Realität für sie. Als sie kurz darauf durch die Geschäfte der Stadt streifte, sah sie die Welt plötzlich mit ganz anderen Augen.

Im Haushaltswarenladen fiel ihr Blick auf einen Weihnachtsbaum. Ein künstlicher Baum, der das ganze Jahr über in einer Ecke des Ladens stand und nun mit Weihnachtsschmuck dekoriert war, der zum Verkauf angeboten wurde. Hier, in diesem so gewöhnlichen Geschäft, zu Beginn des Herbstes erlebte sie den Zauber der Weihnacht. Die bunten Lichter blinkten. Vorfreude erfüllte sie. Dies würde ihr erstes Weihnachtsfest als Ehepaar sein. Unglaublich!

Als junges Mädchen hatte sie Weihnachtsbaumanhänger gesammelt. Ihre Sammlung bestand aus ganz unterschiedlichen Exemplaren. Einige davon hatte ihre Mutter ihr im Laufe der Jahre geschenkt. Donna erinnerte sich an das winzige Klavier, das sie in dem Jahr bekommen hatte, als sie anfing, Klavierstunden zu nehmen.

Ihre Mutter war vor zwei Jahren gestorben, und seitdem hatte es keinen neuen Weihnachtsschmuck, ja nicht einmal einen Baum gegeben.

Welche Traditionen würden Richard und sie ins Leben rufen? Donna legte die Hand auf ihren Bauch. Nun war es an ihnen, schöne Erinnerungen zu schaffen.

Dort, rechts oben in der Ecke entdeckte sie ihn: einen Holzanhänger in Form eines Kinderwagens mit der Aufschrift „Babys erstes Weihnachten". Zögernd griff sie danach. Zwar würde das Baby erst im Frühling zur Welt kommen, aber dennoch wäre es das erste Weihnachtsfest mit ihrem kleinen Wunder – und der Beginn einer Reihe wunderschöner Erinnerungen; Erinnerungen an das erste Fußballtraining oder die erste Klavierstunde, die erste gemeinsame Reise und viele weitere glückliche Momente.

Sie löste den Anhänger vom Baum und ging damit zur Kasse.

Auf dem Heimweg überlegte sie, wann sie es Richard sagen sollte.

Vielleicht beim Abendessen.

* * * * *

Richards Lieblingsessen, Rinderbraten in Zwiebelsoße, schmurgelte auf dem Herd. Sie würden zusammen am Tisch sitzen und das Essen genießen. Dann würde sie ihn mit der Neuigkeit überraschen.

Erneut legte Donna eine Hand auf ihren Bauch. Der Wunsch, das neue Leben in sich zu beschützen, war bereits übermächtig in ihr.

Vor sich hin summend deckte sie den Tisch und stellte sogar zwei Kerzen in die Mitte. Das Abendessen sollte festlich und etwas ganz Besonderes sein.

„Verflixt!", brüllte Richard, „dieser dämliche Kater!"

Wie ein Blitz sauste Mr Darcy an ihr vorbei.

Donna rutschte das Herz in die Hose. Wieder einmal hatte der Kater Richard verärgert.

Mit seinem blauen Lieblingspullover in der Hand kam Richard in die Küche. Überall am Pullover hingen Fäden heraus, offenbar hatte Mr Darcy ihn mit einem Wollknäuel verwechselt. Es sah aus, als hätte er sorgfältig jeden Faden einzeln herausgezogen, um dem Pullover ein flauschiges Aussehen zu verleihen. Donna musste beinahe lachen.

„So geht das nicht weiter!" Richards Gesicht war vor Zorn gerötet. Mit seiner Kleidung war er sehr penibel. Abrupt drehte er sich um und stapfte ins Schlafzimmer zurück, um nach dem Kater zu suchen.

Donna seufzte. Was würde er erst zu einem Baby sagen? Ein Baby, das im ganzen Haus herumkrabbelte, seine Ordnung durcheinanderbrachte, auf seine Kleidung sabberte.

Vielleicht sollte sie es ihm doch lieber erst morgen sagen.

Ihr Blick fiel auf Maria, die sanftmütig lächelnd in einer Ecke des Zimmers stand, die Arme erwartungsvoll ausgestreckt. Dieses Bild spiegelte auch ihre Gemütsverfassung wider. Sie sehnte sich nach diesem Baby.

Donna atmete tief durch.

„Alles soll so geschehen, wie du es mir gesagt hast", flüsterte sie als Gebet.

Sie brauchte keine Angst zu haben. Gott hatte ihr dieses Kind anvertraut. Es war ihre Aufgabe, es zu lieben, zu beschützen und für es zu sorgen. Maria war ebenfalls von ihrem Baby überrascht worden, und sie hatte es angenommen, obwohl sie nicht wusste, wie Josef die Nachricht aufnehmen würde.

Richard war ihr bester Freund. Ihre Hochzeit hatte sie so glücklich gemacht. Sie mochten die gleichen Dinge. Die Natur, Musik, Scrabble. Er würde auch dieses Kind lieben.

Richard trat erneut in die Küche. Er strich sein Sweatshirt glatt und zupfte einige Katzenhaare vom Ärmel.

„Der Pullover ist im Eimer!"

„Es ist doch nur ein Pullover."

„Das war der Pullover meines Vaters."

„Dann ist es vielleicht sowieso an der Zeit, einen neuen zu kaufen."

Hatte sie das wirklich gerade gesagt?

Richard hielt in seiner Bewegung inne.

„Donna?"

Tränen stiegen ihr in die Augen. Die Worte hatten härter geklungen als beabsichtigt. Richard wirkte verwirrt.

„Es tut mir leid, Richard. Aber ich …"

„Alles in Ordnung?" Jetzt wirkte er beunruhigt. Er trat auf sie zu und ergriff ihre Hände. Der Pullover und der Kater waren vergessen.

„Ich …"

„Was ist los?" In seiner Stimme schwang ein Anflug von Verzweiflung mit.

„Bist du krank?"

„Nein."

Hab keine Angst.

Gottes Wort gab ihr Zuversicht.

Ihr Glaube gab ihr Kraft.

Sie blickte Richard an und bemerkte die Sorge in seinen Augen. Die Liebe.

„Richard", sagte sie, „ich muss dir etwas sagen."

„Was? Was ist los?" Panik machte sich in ihm breit.

„Ich bin schwanger."

Richard schwieg. Er wirkte verwirrt, als hätte sie ihm mitgeteilt, dass sie nach Afrika auswandern wolle. Sie hielt seine Hände und musterte sein Gesicht, konnte seinen Blick aber nicht deuten.

„Ich hoffe, du bist nicht enttäuscht …"

„Enttäuscht?"

„Es tut mir leid."

„Ich bin nicht enttäuscht."

Hoffnung flackerte in ihr auf.

Ein Strahlen überzog sein Gesicht.

„Aber du hast gesagt, dass du keine Kinder willst."

„Ja", erwiderte er, „aber schließlich habe ich auch gedacht, dass wir keine bekommen können."

Donna lächelte.

„Wie kann das sein?", fragte er.

„Das hat Maria den Engel auch gefragt", erwiderte sie. „Gott hat uns ein Kind geschenkt."

Richard legte die Arme um Donna. „Du machst mich zum glücklichsten Mann der Welt."

Maria auf der anderen Seite des Raumes hielt stumm Wache. Auf ihrem Gesicht entdeckte Donna den Anflug eines Schmunzelns, das ihr bisher nicht aufgefallen war.

Gott war bei ihr. Gott war gut. Ihm konnte sie vertrauen.

Mit Besorgnis auf dem Gesicht trat Richard einen Schritt zurück. „Vielleicht solltest du dich jetzt lieber ausruhen. Komm, setz dich." Er schob ihr einen Küchenstuhl zurecht.

„Es geht mir gut", lachte Donna, „sogar mehr als gut."

„Du setzt dich jetzt hin." Er begann, das Abendessen aufzutragen.

Donna warf einen Blick auf sein strahlendes Gesicht und alle Sorge war vergessen.

* * * * *

In der Zwischenzeit bei der Teeparty eines kleinen Mädchens …

„Wer ist das denn?"

Judy deutete auf das Baby, das an einem Kissen auf Miss Marjories Sofa lehnte.

„Jesus."

„Das ist er nicht."

Judy wusste, wer Jesus war. Er war der Mann auf dem Bild im Haus ihrer Oma. Sie mochte das Bild von ihm, wie er umgeben von Kindern wie ihr unter einem Baum saß. Er schien Kinder sehr zu mögen.

„Das ist nicht Jesus", sagte sie bestimmt. „Jesus ist ein Mann."

„Männer waren auch mal Babys", erklärte Miss Marjorie.

Judy mochte Miss Marjorie. Sie war Omas Nachbarin und beste Freundin. Wann immer Judy zu ihrer Großmutter kam, besuchte sie Miss Marjorie und aß Zitronenkekse bei ihr.

Miss Marjorie ließ sie mit dem Spielzeug spielen, das ihre Kinder nicht mehr brauchten. Judy spielte am liebsten mit dem Teeservice. Sie deckten dann den kleinen Tisch und tranken Tee miteinander.

„Können wir heute wieder Tee trinken?" Judy hoffte, dass Miss Marjorie es erlauben würde.

„Das machen wir."

„Können wir uns schick machen und Zitronenkekse essen?"

„Das machen wir."

„Darf er mitmachen?"

Sie deutete auf das Baby.

Miss Marjorie lächelte und hob das Jesuskind hoch.

„Natürlich darf er mitmachen."

Judy berührte das Baby. Sie mochte sein Lächeln und seine kleinen Füße.

„Wenn er groß ist", sagte sie, nachdem sie einen Moment lang nachgedacht hatte, „wird er Jesus."

Miss Marjorie lachte.

„Genau!"

Sie erlaubte Judy, Jesus mit nach Hause zu nehmen.

Judy setzte ihn auf den Stuhl in ihrem Zimmer und beobachtete ihn vom Bett aus. Das Bild von dem erwachsenen Jesus und den Kindern unter dem Baum hing über ihm.

„Eines Tages bist du groß, aber ich glaube, dass dir Teepartys dann trotzdem noch gefallen."

Zufrieden schloss sie die Augen und schlief ein.

Kapitel 4

Der Esel

In dieser Zeit befahl Kaiser Augustus, alle Bewohner des Römischen Reiches in Steuerlisten einzutragen. Jeder musste in seine Heimatstadt gehen, um sich dort eintragen zu lassen.
Lukas 2,1.3

„Vielleicht könntest du den Esel mit nach Hause nehmen?"

Holly stand neben Pastor Higgins und schaute durch das Fenster seines Büros zu den übrig gebliebenen Krippenfiguren hinaus. Den Esel?

Eben noch hatten die Krippenfiguren dicht an dicht auf dem Rasen gestanden. Maria, Josef, die Weisen. Einer nach dem anderen hatten sie ein neues Zuhause gefunden.

Die Figuren in prächtigen Gewändern waren zuerst ausgewählt worden, die Weisen mit den Geschenken für das Christuskind in den Händen. Maria in ihrem blauen Gewand. Wer würde sich schon freiwillig für den Esel entscheiden?

„Ich nehme ihn gern, Jeremy", erwiderte Holly. Sie hatte lange gebraucht, um sich daran zu gewöhnen, Pastor Higgins mit dem Vornamen anzureden. So viele Jahre arbeitete sie schon für ihn, und sie hatte ihn immer Pastor Higgins genannt. Aber jetzt waren sie verlobt, und bald würden sie heiraten. Jeremy. Was für ein schöner Name!

Wie sie so neben ihm stand und seine Hand hielt, verspürte Holly Dankbarkeit. Es war schön, mit ihm zusammen und seine Verlobte zu sein. Und für heute Abend hatte sie eine große Überraschung für ihn geplant. In Gedanken ging sie die Liste der Dinge durch, die sie noch zu tun hatte.

Partyzubehör besorgen.

Den Kuchen abholen.

Das Essen vorbereiten.

Das Haus schmücken.

Jetzt kam auch noch der Esel dazu, eine weitere Sache, um die sie sich heute kümmern musste, aber Holly gehörte gern zu der Gruppe derer, die den Krippenfiguren Obdach gewährten. Außerdem hatte sie schon immer ein Herz für den Esel mit seinem struppigen Haarbüschel auf dem Kopf gehabt.

„Prima", erwiderte Jeremy.

Wenn er es dabei belassen hätte, wäre alles gut gewesen, aber das tat er nicht.

„Weißt du", fuhr er fort, „der Esel erinnert mich an dich."

Das hatte er nicht wirklich gesagt!

„Wie bitte?", fragte sie betont ruhig.

„Ich sagte, er erinnert mich an dich."

Holly wusste nicht, wie sie darauf reagieren sollte. Sie öffnete den Mund, und ein leiser Laut, der wie ein „Oh!" klang, kam heraus. Mehr brachte sie in diesem Moment nicht über die Lippen.

So sah Jeremy sie also? Als einen Esel? Ein Esel, der nebenhertrottete, unscheinbar war und wortlos seine Arbeit tat?

Jeremy kehrte an seinen Schreibtisch zurück, doch Holly blieb am Fenster stehen und betrachtete den kleinen Esel, der einsam und verlassen auf dem Rasen stand.

* * * * *

Auf einen Schlag waren alle ihre Unsicherheiten wieder da. Ihr Blick fiel auf das struppige Fell des Tieres, und sie berührte ihr Haar. Vielleicht waren die hellen Strähnen doch keine gute Idee gewesen.

Jeremy hätte jede haben können. Drei Frauen hatten ihn umworben. Frauen, die alles besaßen: Geld, gutes Aussehen, ein angenehmes Wesen. Frauen, die viel mehr zu bieten hatten als sie.

Harriet Osenberger hatte ihm ein Leben in Wohlstand versprochen. Holly erinnerte sich, wie Harriet in ihrem Seidenkostüm und mit Diamanten geschmückt im Büro aufgetaucht war. Sie sah immer aus, als wäre sie gerade einer Modezeitschrift entstiegen, einer Zeitschrift für die Reichen und Schönen.

Holly errötete, als sie sich daran erinnerte, was Harriet zu Jeremy gesagt hatte. „Geh in den Ruhestand", hatte sie ihm vorgeschlagen. „Wir reisen um die Welt. Du kannst ein Buch schreiben und gelegentlich die Vertretung für andere Pastoren übernehmen."

In Harriets großem Haus hätte Jeremy ein angenehmes Leben gehabt.

So etwas hatte Holly ihm nicht zu bieten. Und sie kannte ihn so gut. Er hatte Harriet nie etwas vorgemacht. Sein Wesen war einfach so liebevoll und freundlich, dass sich Frauen schnell zu ihm hingezogen fühlten.

Lilly Thompson zum Beispiel. Auch sie gehörte zu den Damen, die es auf ihn abgesehen hatten. Sie hatte den direkten Ansatz gewählt und ihn zum Abendessen eingeladen. Aber Holly hatte sofort vermutet, dass hinter der Einladung mehr steckte als nur ein Abendessen. Lilly stand immer viel zu dicht bei Jeremy, so nah, dass sie sich beinahe berührten. Und Lilly war eine aufregende Frau. Bei einer Hochzeit hatte Holly sie einmal mit dem Bräutigam Tango tanzen sehen – mit einer Rose zwischen den Zähnen. Holly würde niemals eine Rose zwischen die Zähne nehmen.

Doch die Frau, von der sie geglaubt hatte, dass Jeremy sich für sie entscheiden würde, war Carla Wingate gewesen. Holly erinnerte sich an das Foto, das Carla Jeremy geschickt hatte. Ein Foto von zwei lächelnden Paaren, Jen und Jeremy, Carla und Ken. Es war im Herbst aufgenommen worden, die Blätter leuchteten in Orange-, Gelb- und Rottönen.

Auch das Leben an Carlas Seite wäre angenehm gewesen. Sie hatte ihren Mann verloren, Jeremy seine Frau. Die Paare kannten sich seit Jahren. Sie hatten ihre Kinder gemeinsam großgezogen. Holly mochte Carla und hätte sie für Jeremy ausgesucht.

Aber er hatte sich für sie entschieden … für die treue Holly. Den alten Esel.

Sein Heiratsantrag war überraschend gekommen. Sie waren zusammen im Kino gewesen. Als er sie nach Hause brachte, hatte er den Wagen in ihrer Einfahrt geparkt und den Motor ausgeschaltet.

„Holly?", hatte er so ruhig gefragt, dass sie dachte, er wollte sie etwas zu der Sitzung am nächsten Morgen fragen.

„Ja?"

„Würdest du mir die Ehre erweisen und meine Frau werden?"

Diese Worte hatten sie überrascht und gleichzeitig mit Freude erfüllt. Nie hätte sie damit gerechnet, dass so etwas Wundervolles geschehen würde.

„Ja!", hatte sie spontan geantwortet.

Es hatte keine Musik, keine Rosen, nicht einmal einen Ring gegeben. Aber das hatte sie auch nicht gebraucht. Sie hatte keinen Gedanken daran vergeudet … bis jetzt.

Alter Esel Holly. Iah.

In der Weihnachtsgeschichte spielte der Esel keine große Rolle. Und doch durfte er bei keinem Krippenspiel fehlen. Geduldig trug er Maria, treu wachte er über dem Christuskind, verlässlich erfüllte er seine Aufgaben. Der unbesungene Held. Wie Holly als Gemeindesekretärin, die treu hinter den Kulissen agierte. Sie organisierte die Mitgliederversammlungen, kümmerte sich um den Papierkram, räumte nach den Gemeindeleitungssitzungen auf. Die gute alte Holly.

Waren das Jeremys Vorstellungen von einer Ehefrau?

Erwartete er, dass sie einfach neben ihm hertrottete? Wie ihre Mutter es für ihren Vater getan hatte?

Hollys Vater war Pastor einer großen Gemeinde in Beaconsville gewesen. Ihre Mutter hatte in der Gemeinde ausgeholfen, hatte gekocht und in der Suppenküche gearbeitet. Aber sie hatte es nicht gern getan, sondern war mit den Jahren bitter und zornig geworden.

Holly erinnerte sich an die Auseinandersetzungen, die oft bis spät in die Nacht gegangen waren. „Wenn ich noch einen Auflauf machen muss, lasse ich mich scheiden!“, hatte ihre Mutter gesagt. Am nächsten Morgen hatte sie dann einem trauernden Gemeindemitglied oder einer frischgebackenen Mutter lächelnd ihren Auflauf überreicht. Nach außen war ihre Familie perfekt gewesen.

War es das, was Jeremy von ihr erwartete? Bisher hatte sie nie Zweifel an ihrer Beziehung zu ihm gehabt. Sie kannte ihn seit fünfundzwanzig Jahren. Doch auf einmal war da diese Unsicherheit, die Freude war verflogen.

* * * * *

Seufzend ging Holly nach draußen, um ihr Ebenbild, den Esel, hereinzuholen. Die Figur unter den Arm geklemmt, kehrte sie ins Büro zurück, stellte den struppigen Gesellen in einer Ecke ab und machte sich wieder an die Arbeit.

Mit dem Esel, der sie unverhohlen anstarrte, wirkte ihr Büro, das neben dem größeren Büro von Jeremy lag, noch kleiner. Hier hatte sie in den vergangenen Jahren viele glückliche Momente mit Jeremy erlebt. Bei einer Tasse Kaffee hatten sie miteinander gelacht und gemeinsam an Projekten gearbeitet.

Doch was sah er wirklich in ihr?

Ihr ganzes Leben lang war sie zuverlässig und aufrichtig gewesen. Ihren Eltern war sie eine gewissenhafte Tochter gewesen, sie hatte immer gute Noten mit nach Hause gebracht und nie gegen die Regeln verstoßen – und bei ihren Eltern hatte es viele Regeln gegeben. Als Pastorentochter aufzuwachsen, war nicht leicht gewesen. Die Augen der Gemeinde schienen überall zu sein.

Ihren Eltern war der Schein wichtiger gewesen als das Sein. Holly erinnerte sich an einen Sonntagmorgen, als sie mit ihrer Mutter und ihrem kleinen Bruder zum Gottesdienst gefahren war. Auf dem ganzen Weg schrie ihre Mutter sie an und schimpfte. Und kaum hatten sie den Parkplatz erreicht, begann ihre Mutter zu lächeln, für den Fall, dass jemand sie beobachtete. Nachdem sie aus dem

Auto ausgestiegen waren, spielte sie die perfekte, liebevolle Mutter, tätschelte ihnen den Kopf, küsste sie auf die Wange.

Die anderen Frauen der Gemeinde sahen in ihnen die perfekte Familie. Sie erfuhren nie, was sich hinter verschlossenen Türen abspielte. Denn zu Hause war es Holly, die sich um alles kümmerte. Sie kochte das Essen für ihre jüngeren Brüder und half ihnen bei den Hausaufgaben.

Hollys Blick wanderte zu dem Esel mit seiner zotteligen Mähne, und ihre Augen füllten sich mit Tränen. Sie empfand Mitleid für ihn – und für das Mädchen, das sie einmal gewesen war.

Als sie älter geworden war, waren ihre Freunde ans College gegangen, aber ihr war bewusst gewesen, dass sie ihre Brüder nicht im Stich lassen konnte. Sie brauchten sie. Sie machte eine Ausbildung an einer Wirtschaftsschule und bekam den Job bei Pastor Higgins in dieser Gemeinde.

Nie hatte sie auch nur einen einzigen Arbeitstag versäumt oder sich krankgemeldet. Sie hatte unzählige Überstunden gemacht und manchmal auch an den Wochenenden gearbeitet, obwohl Jeremy das nie von ihr verlangt hatte. Sie hatte ihren Chef gemocht, genau wie seine Frau Jen. Nie wäre ihr der Gedanke an eine Liebesbeziehung mit dem Pastor gekommen. Für sie war er ein freundlicher und liebevoller Mann, der seine Frau liebte. Er stand Jen zur Seite, als sie gegen den Lungenkrebs kämpfte, und wartete nach ihrem Tod vier Jahre, bevor er eine neue Beziehung einging.

Holly hatte Jeremy und Jen oft genug zusammen erlebt, um zu wissen, dass ihre Beziehung aufrichtig gewesen war, und nicht wie die ihrer Eltern.

* * * * *

Nach der Arbeit brachte Holly den Esel zu ihrem Wagen und legte ihn in den Kofferraum. Seine treuen braunen Augen schauten sie an, als sie die Klappe schloss. Doch im Augenblick wollte sie nicht weiter über den Esel nachdenken. Für ihre große Überraschung waren noch einige Einkäufe zu erledigen. Sie brauchte Luftballons. Jeremy mochte Luftballons, und sie auch. Sie schufen eine so festliche Atmosphäre.

Ballons waren sehr uneselhaft!

Und sie würde ein Banner aufhängen. Bunt und hübsch. Und Konfetti. Sie brauchte ganz viel Konfetti!

Sie stieg in den Wagen ein und betrachtete im Rückspiegel ihr Haar, das ihr struppig in die Stirn hing. Ihre Laune sank und sie schlug entschlossen auf das Lenkrad. Sie würde nicht länger wie ein Esel aussehen. Sie hatte die Wahl. Die Strähnen mussten verschwinden.

Auf dem Weg zum Supermarkt machte sie bei Heidis Friseursalon Halt.

Fünf Minuten später kämmte Heidi ihre Haare. „Ich dachte, die hellen Strähnchen würden Ihnen gefallen."

„Das war auch so."

„Und jetzt nicht mehr?"

„Ich weiß es nicht." Holly zuckte mit den Schultern. „Eigentlich mag ich sie. Ich denke nur, dass Pastor Higgins … ich meine, Jeremy …" Sie errötete.

„Ihm gefallen sie nicht?"

„Nein, nicht besonders."

„Und jetzt?"

Holly stand auf und nahm den Frisierumhang ab.

„Ach, egal", sagte sie und eilte aus dem Salon. Heidi blieb verblüfft zurück.

* * * * *

Während Holly im Supermarkt auf der Suche nach den benötigten Dingen war, läutete ihr Telefon. Jeremy versuchte, sie zu erreichen. Sie ließ das Gespräch auf ihre Mailbox laufen. Ihr Ärger war noch nicht verflogen. Davon wusste er allerdings nichts. *Er erinnert mich an dich.* Wollte sie wirklich eine Überraschungsparty für einen Mann geben, der sie mit einem Esel verglich?

Energisch schob sie den Einkaufswagen durch die Gänge. Da waren bunte Pappteller und Becher. Sie warf einige Packungen in den Wagen. Dort drüben lagen lustige Partyhüte. Ein ganzer Stapel davon landete ebenfalls im Einkaufswagen. Und natürlich die Ballons. Zwanzig bunte Ballons.

Als sie die Kofferraumklappe ihres Autos öffnete, blickte der Esel sie an.

„Wir sind die Leute hinter den Kulissen“, sagte sie.

Ihre Solidarität mit dem Esel und dem zotteligen Haarbüschel auf seiner Stirn wuchs.

Sie würde die Party geben, aber der Spaß daran war ihr vergangen.

Während sie die Einkäufe in den Wagen lud, blickten die großen braunen Augen sie scheinbar verständnisvoll an. Der Kopf des Esels war zur Seite geneigt, als überlege er etwas. Er hatte ansehnliche, kräftige Schultern und …

Sein breites Hinterteil fiel ihr ins Auge, und sie runzelte die Stirn. Mit einem lauten Knall warf sie die Heckklappe zu.

Nein, das hatte Jeremy doch ganz sicher nicht gemeint!

Aber was hatte er dann damit sagen wollen?

Sie fuhr zum nächsten Kaufhaus. Kurz darauf stand sie in der Umkleidekabine und probierte eine neue Jeans an. Aufmerksam betrachtete sie im Spiegel ihre Rückseite.

„Kann ich Ihnen helfen?“, fragte die Verkäuferin und trat näher.

„Macht diese Jeans … dick?“

„Oh nein, die ist schlank geschnitten. Sie lässt den Po sogar kleiner erscheinen.“

Holly war nicht überzeugt. Sie drehte sich vor dem Spiegel nach allen Seiten, in der Hoffnung, jede neue Blickrichtung würde sie schlanker erscheinen lassen.

Eine Mitgliedschaft im Fitnessclub wäre vielleicht nicht verkehrt. Vielleicht sollte sie einen Trainer engagieren. Der Esel mit seinem breiten Hinterteil fiel ihr ein. Da wäre einiges zu tun.

Vielleicht eine Diät. Auf Brot und Süßigkeiten verzichten … abgesehen von dem Geburtstagskuchen.

„Soll ich Ihnen die Jeans eine Nummer größer holen?“

Holly runzelte die Stirn. „Nein, danke."

„Wir haben auch Hosen in Komfortgrößen."

„Nein, danke!"

Niedergeschlagen verließ Holly die Umkleidekabine.

Zu Hause angekommen, lud sie das Partyzubehör aus dem Kofferraum. Den Esel stellte sie auf die Veranda. Er war jetzt wie ein Freund, ein Verbündeter. Er würde nicht in ihrem Keller landen. Sie ließ sich auf einem der Schaukelstühle nieder und seufzte.

War sie hübsch genug? Waren sie und der Esel dazu bestimmt, immer die gewissenhaften Arbeiter und häuslichen Seelen zu sein?

Jeremy rief erneut an, aber auch dieses Gespräch nahm sie nicht entgegen.

* * * * *

Als Holly damals von zu Hause fortgegangen war, hatte sie sich geschworen, nicht so zu werden wie ihre Eltern. Eigentlich hatte sie nie heiraten wollen, weil ihre Mutter für sie ein abschreckendes Vorbild gewesen war. Verbittert und zornig.

Und da saß sie nun und war genau das: verbittert und zornig.

Sie wusste, was zu tun war. Sie betete: *„Gott, wo bist du in all dem? Zeige mir, wer du bist, und zeige mir, wer ich bin. Amen."*

Als sie erneut neben den Esel trat und ihm die Hand auf den Rücken legte, sah sie ihn mit anderen Augen. Sie dachte an Maria, die auf seinem Rücken geritten war. Maria und das Baby in ihrem Leib. Wie treu hatte der kleine Esel sie den weiten Weg bis nach Bethlehem getragen. Er war so sanft und so verlässlich. Und er hatte es möglich gemacht, dass Jesus auf die Welt gekommen war.

„Guter Esel", flüsterte sie. „Gewissenhaft und treu."

Konnte es ein besseres Beispiel dafür geben, wie man leben und anderen dienen sollte, als diesen kleinen Esel?

Gott erwartet Treue im Kleinen von uns, dachte sie, *und manchmal sind die kleinen Dinge groß in seinem Reich.* Dieser Gedanke hob ihre Stimmung.

Sie tat ihre Arbeit meistens im Hintergrund. Sie besuchte zum Beispiel eine frischgebackene Mutter oder brachte jemandem, der krank war, eine Mahlzeit vorbei. Oder sie beruhigte ein Gemeindemitglied, das in höchster Aufregung in der Gemeinde anrief.

Aber sie war nicht wie ihre Mutter. Es machte ihr Spaß, sich um andere zu kümmern. Auf einmal ging ihr auf, dass sie ihre „Eselseite" mochte. Sie mochte die Aufgaben, die Gott ihr anvertraut hatte.

Und Jeremy war nicht wie ihr Vater. Er liebte sie und schätzte sie. Vielleicht war er kein Romantiker, aber er besaß viele andere wundervolle Eigenschaften.

Zwar war sie immer noch nicht sicher, was er gemeint hatte, aber sie würde ihm zu seinem Geburtstag die schönste Überraschungsparty ausrichten, die er je erlebt hatte.

„Danke, Herr", sagte sie und machte sich daran, das Haus zu dekorieren.

* * * * *

„Holly?"

Es klopfte an der Tür.

„Alles in Ordnung?" Jeremys Stimme klang besorgt.

Sie öffnete die Tür, und er nahm sie in den Arm.

„Geht es dir gut?", fragte er erneut.

„Ja, es geht mir gut."

„Du bist nicht ans Telefon gegangen. Ich habe mir Sorgen gemacht."

Sie blickte ihm in die Augen. „Ich versichere dir, es ist alles in Ordnung."

„Hey, was ist das denn?", fragte er, als er die Dekoration bemerkte. Und dann entdeckte er das Banner mit der Aufschrift: HERZLICHEN GLÜCKWUNSCH ZUM GEBURTSTAG, JEREMY!

Er strahlte über das ganze Gesicht. Dann zog er sie in seine Arme und wirbelte mit ihr durch das Zimmer.

„Du hast eine Party für mich organisiert?!"

„Es sollte eigentlich eine Überraschung werden, aber da du nun schon mal da bist: Möchtest du mir vielleicht beim Dekorieren helfen?“

„Mit dem größten Vergnügen.“

„Dann hol doch bitte den Esel von der Veranda und trag ihn ins Haus. Ich möchte ihn neben den Kamin stellen. Irgendwie habe ich ihn ins Herz geschlossen.“

Als die Gäste eintrafen, begrüßte Holly sie voller Herzlichkeit. Zuversichtlich und sicher. Sie stand im Mittelpunkt, servierte das Essen, schenkte Getränke nach und genoss jede Minute. Sie brachte den Kuchen mit den brennenden Kerzen herein und freute sich über Jeremys strahlendes Gesicht.

Der Esel trug einen kleinen Partyhut und schien sich über die ausgelassene Stimmung zu freuen.

Nachdem der letzte Gast gegangen war, ließ sich Holly auf das Sofa fallen. Jeremy setzte sich neben sie.

„Das war die schönste Geburtstagsparty, die ich je erlebt habe“, sagte er und nahm ihre Hand. „Vielen Dank, dass du das für mich gemacht hast.“

„Gern geschehen“, erwiderte sie.

Sie schwiegen eine Weile und ließen die Erinnerungen an den Abend nachklingen.

Der Esel mit seinem breiten Rumpf und der struppigen Tolle stand neben ihnen und wirkte äußerst zufrieden.

„Jeremy?“

„Ja?“

„Was hast du gemeint, als du sagtest, der Esel würde dich an mich erinnern?“

Jeremy blickte sie verständnislos an. „Habe ich das gesagt?“

„Ja.“

Er dachte kurz nach. Sein Blick wanderte zu dem Esel.

„Jetzt weiß ich es wieder“, sagte er. „Ich habe seine Augen gemeint. Sie erinnern mich an deine wunderschönen braunen Augen.“

Holly betrachtete den Esel. Er hatte tatsächlich wunderschöne Augen.

Jeremy zog sie dichter an sich.

Ihre Augen. Jeremy liebte ihre wunderschönen braunen Augen.

„Ich liebe dich", fuhr er fort, „und zwar genau so, wie du bist. Du verstellst dich nicht oder versuchst jemand zu sein, der du nicht bist. Wie dieser kleine Esel bist du ganz du selbst. Und dafür liebe ich dich."

„Wunderschön" und „Ich liebe dich" – diese Worte ließ Holly tief in ihr Herz sinken. Ja, sie war gewissenhaft, treu und hingebungsvoll. Aber hier in diesem Augenblick in Jeremys Armen war sie auch wunderschön und geliebt.

Holly dachte an Marias Esel und daran, wie hingebungsvoll er sie nach Bethlehem getragen hatte. Auch sie wollte sein wie dieser kleine Esel. Sie wollte andere lieben und für sie da sein.

Im Leben geht es nicht um den äußeren Schein der Dinge. Bereits als Kind hatte sie das gelernt. Es geht um das Herz. Und ihres war gerade sehr glücklich …

* * * * *

In der Zwischenzeit auf dem Spielplatz …

Das Jesuskind war sicher im Buggy festgeschnallt, während Judy es durch den Park schob. Links von ihm saß ihre Lieblingspuppe Cathy und rechts von ihm Lulu. Es schien ihn nicht zu stören, dass es etwas eng war in dem Buggy. Sein fröhlicher Gesichtsausdruck veränderte sich nicht.

In höchster Konzentration schob Judy den Buggy mit ihren Babys zum Spielplatz. Letzte Woche war sie mit Cathy und Lulu schon einmal auf dem Spielplatz gewesen, und sie hatten viel Spaß beim Schaukeln gehabt, darum gingen sie jetzt noch einmal hin.

Gestern hatte sich Judy sehr ausgiebig mit dem Jesuskind beschäftigt, es angezogen, gefüttert und zu Bett gebracht. Heute hatte ihr Interesse bereits nachgelassen. Das Neue hatte sich abgenutzt. Die anderen Puppen konnten Arme und Beine bewegen, Jesus konnte das nicht. Die anderen konnten sprechen und weinen. Jesus nicht. Die anderen taten Dinge, die Judy gefielen. Jesus nicht.

Heute ging sie mit den „braven" Babys in den Park, und notgedrungen nahm sie das Jesuskind auch mit.

Judy schob den Wagen an einem Hund vorbei, der mit Stöckchenholen beschäftigt war, und an einem Paar, das auf einer Bank saß.

Endlich kamen sie auf dem Spielplatz an, und Judy verlor keine Zeit und nahm die Babys aus dem Buggy.

Und los zu den Schaukeln. Vorsichtig band sie Cathy und Lulu fest. Eine dritte Schaukel gab es hier nicht, darum musste Jesus auf die andere Schaukel etwas weiter weg.

Judy band ihn ebenfalls fest und ging zu ihren etwas kooperativeren Schutzbefohlenen zurück. Sie spielte mit ihnen, bis ihre Mutter vom Gehweg aus nach ihr rief.

Es war Zeit zu gehen.

Judy setzte Cathy und Lulu in den Buggy und machte sich auf den Heimweg. Jesus blieb allein auf seiner Schaukel zurück, die Arme ausgestreckt, und wartete darauf, dass ihn jemand hochnahm.

Kapitel 5

Josef

So reiste Josef von Nazareth in Galiläa nach Bethlehem in Judäa, der Geburtsstadt von König David. Denn er war ein Nachkomme von David und stammte aus Bethlehem. Josef musste sich dort einschreiben lassen, zusammen mit seiner Verlobten Maria, die ein Kind erwartete.
Lukas 2,4–5

Der vierjährige Benji lernte gerade, seine Schuhe selbst zuzubinden. *Zuerst macht man einen Baum.* Er legte mit einem Schnürsenkel eine Schlaufe und stellte sie auf wie einen Baum. *Dann hoppelt der Hase um den Baum herum.* Er wickelte den zweiten Schnürsenkel um den ersten herum. Und genau hier klappte es nicht. Der Hasenschnürsenkel verhedderte sich und der Baumsenkel kippte um. Es hatte keinen Sinn. Papa war normalerweise derjenige, der ihm morgens die Schuhe band, aber Papa war nicht da.

„Mami!", rief er.

„Einen kleinen Augenblick, Benji." Das sagte Mami immer. Sie packte in der Küche sein Frühstück zusammen. Hastig schob sie sich eine lose Haarsträhne aus dem Gesicht.

Mami war immer in Eile. Und wo steckte Papa überhaupt?

Mami kniete sich neben ihn auf den Boden und band schnell den Schuh zu. Er beobachtete ihre Hände und fragte sich, ob er das wohl je selbst schaffen würde. Baum. Hase. In das Loch. Er konnte ihren schnellen Bewegungen kaum folgen.

„Komm schon, Benji!"

Mami zog ihre grüne Jacke an und nahm eilig die Brotdosen vom Küchentisch. Sie würde ihn in den Kindergarten bringen und dann zur Arbeit weiterfahren. Mami arbeitete im Supermarkt. Dort scannte sie die Lebensmittel, die die Leute kauften, und packte sie in Tüten. Einmal hatte Oma mit ihm zusammen Mami auf der Arbeit besucht. Mami hatte ihn eine Schachtel Cornflakes scannen und in eine Tüte packen lassen. Dann hatte sie das Geld genommen und in eine kleine Schublade gelegt.

Damals war sie noch glücklich gewesen. Jetzt lächelte sie nicht mehr.

„Wir müssen los!"

Benji folgte ihr zum Auto und kletterte in seinen Kindersitz. Als er an sich herunterschaute, sah er, dass sich der Schnürsenkel wieder gelockert hatte.

„Mami, mein Schuh!" Seine Augen füllten sich mit Tränen.

„Warte, Benji. Ich binde deine Schuhe neu, wenn wir beim Kindergarten sind."

Sie setzte sich ans Steuer und ließ den Motor an, rollte aus der Einfahrt und fuhr zum Kindergarten.

Wo steckt Papa nur? Papa hatte immer seine Schuhe gebunden. Papa fuhr ihn sonst zum Kindergarten. Er vermisste seinen Papa.

Sein Papa war Soldat. Manchmal, wenn er zu Hause war, durfte Benji seinen Soldatenhut tragen. Dann hob Papa Benji hoch, sodass er sich im Spiegel anschauen konnte. Benji lachte dann, und Papa nannte ihn seinen kleinen Mann.

Du bist mein kleiner Mann. Immer noch hörte er Papas Stimme.

Benji zog auch öfter Papas Stiefel an und versuchte, damit durch das Schlafzimmer zu laufen. Sie waren so groß, und seine Füße waren so klein. Eines Tages wäre er so groß wie sein Vater.

Papa hatte immer Zeit für ihn.

Aber Papa war jetzt fort.

* * * * *

Das ist bestimmt meine Schuld, dachte Benji, während er im Kindergarten den kleinen bunten Lkw über den Teppich schob. Bestimmt war es seine Schuld, dass Papa weggegangen war. Denn Benji war böse gewesen. Er hatte seine Spielsachen nicht weggeräumt, und Papa hatte schrecklich geschimpft, als er auf Buster, seinen kleinen Lastwagen, getreten war. Er war auf einem Fuß herumgehüpft und hatte gebrüllt.

Als Papa ihn an jenem Abend zu Bett brachte, hatte er ihn lange umarmt.

„Ich gehe für eine Weile fort", sagte Papa. „Sei ein guter Junge und pass auf deine Mama auf, ja?"

„Ist gut, Papa."

Papa umarmte ihn erneut. Benji glaubte, Tränen in den Augen seines Vaters zu sehen.

„Bist du traurig?", fragte er.

„Nein, mein Junge." Er wischte sich die Augen und umarmte Benji noch einmal ganz fest.

Benji schlief ein, während Papas große, warme Hand auf seinem Rücken lag. Am nächsten Morgen, als Benji aufwachte, war Papa weg, und Oma saß auf dem Sofa.

„Guten Morgen, Benji", sagte sie. „Deine Mami wird bald zurück sein."

„Wo ist sie denn? Und wo ist Papa?"

„Mami bringt Papa zum Flughafen", erklärte Oma. „Wenn du heute Nachmittag nach Hause kommst, ist sie wieder da."

Oma machte ihm ein Brot mit Erdnussbutter und Marmelade, aber sie schnitt die Kruste nicht ab, wie Mami es immer tat.

Benji dachte über den Flughafen nach und wo Papa hinflog und wann er wohl wieder zurückkommen würde.

„Wo ist Papa hingeflogen?"

„Darüber musst du dir keine Gedanken machen, mein Kleiner."

„Wann kommt er denn zurück?"

Oma antwortete nicht.

Das war komisch.

Die Mutter seines Freundes Johnny holte ihn vom Kindergarten ab. Den ganzen Nachmittag spielten sie bei Johnny. Johnny hatte eine Eisenbahn und eine Schaukel im Garten, und den ganzen Nachmittag dachte Benji nicht mehr an seinen Papa. Aber abends, als er im Bett lag, vermisste er ihn plötzlich so sehr, dass ihm der Bauch wehtat.

* * * * *

Als Mami Benji am nächsten Tag vom Kindergarten abholte, war da plötzlich ein fremder Mann in ihrem Zuhause – eine große Figur stand in einer Ecke des Wohnzimmers. Der Mann beugte sich mit ausgestreckten Armen vor und hielt eine Laterne in der Hand.

Mami nannte ihn Josef und sagte, er komme aus der Kirche. Benji ging zu ihm hin und berührte den Josef-Papa. Er rührte sich nicht. Benji umarmte ihn vorsichtig. Doch der Josef-Papa redete nicht und umarmte ihn auch nicht wie sein richtiger Papa.

Aus seinem Rücken ragte ein Kabel.

„Kannst du das einstecken?“

Mami steckte den Stecker in die Steckdose, und gemeinsam suchten sie den kleinen Knopf an der Seite, mit dem sich die Laterne einschalten ließ. Benji schaltete sie ein, dann aus. Dann ein, dann aus. Ein. Aus. Ein. Aus. Ein …

„Benji! Jetzt reicht es.“

Benji setzte sich vor die Figur und betrachtete sie ganz genau. Wenn der Mann aus der Kirche kam, dann musste er gut sein. Benji mochte den Kindergottesdienst. Seine Eltern fuhren jeden Sonntag mit ihm zur Kirche und setzten ihn im Spielzimmer bei Miss Holly und den anderen Kindern ab. Dort malten sie dann und aßen Goldfischlis. Sie hörten Geschichten von Jesus, sangen Lieder und spielten Klatschspiele. Es gab auch Saft und Kekse. Das gefiel Benji sehr. Pastor Higgins hob ihn immer hoch in die Luft, so wie Papa es getan hatte.

Benji vermisste seinen Papa so sehr. Er war schon so lange fort.

Josef blieb bei ihnen zu Hause im Wohnzimmer stehen und

hielt Wache. Benji gefiel das. Dank Josef fühlte er sich seinem Papa näher. Abends konnte Benji seinen Papa manchmal auf dem Computerbildschirm sehen und mit ihm reden. Er war weit weg. Mami sagte, er sei auf der anderen Seite der Welt.

„Pass auf deine Mami auf, Kumpel", sagte sein Papa immer. Das wollte Benji unbedingt tun – was immer es bedeuten mochte. Aber er war froh, dass der Mann, dass Josef jetzt da war.

„Wir sind die Männer in der Familie", sagte sein Papa immer. Und jetzt gab es noch einen weiteren Mann in der Familie, nämlich Josef.

Das freute Benji.

Mami sagte, Josef sei der Vater von Jesus. Eigentlich sei Gott der richtige Vater von Jesus, aber Gott habe Jesus Josef als Papa auf der Erde gegeben.

Sie sagte auch, dass Josef pünktlich zu Weihnachten zurück in der Kirche sein müsse. Wie sehr sich Benji wünschte, dass sein richtiger Papa an Weihnachten nach Hause kommen würde!

* * * * *

Eines Abends lag Benji allein in seinem Bett. Es war so schrecklich dunkel. Im Dunkeln hatte er Angst. Irgendetwas kratzte am Fenster, sicher nur der Ast eines Baums, der sich im Wind bewegte. Aber was, wenn es doch ein Ungeheuer war?

Von unten kam ein Knacken. Das war vermutlich nur der Ofen. Oder doch nicht?

Schließlich begann der Heizlüfter neben seinem Bett, warme Luft auszustoßen – wie heißer Atem!

Ein Monster!

Benji schnappte sich seine Decke und rannte aus dem Zimmer. Im Wohnzimmer hielt Josef seine goldene Laterne in der Hand, und Benji drückte auf den kleinen Knopf. Als das Licht anging, fühlte Benji sich wieder sicher. Er kuschelte sich neben Josef auf den Boden, und auf einmal machten ihm die Geräusche des Hauses keine Angst mehr. In Josefs Nähe konnte ihm kein Ungeheuer etwas tun. Josef würde Benji beschützen, wie er das Jesuskind beschützt hatte.

Am nächsten Morgen weckte ihn seine Mutter auf. „Warum liegst du denn im Wohnzimmer, Benji?"

Benji begann zu weinen. Er sollte in seinem Bett schlafen, und jetzt war Mami bestimmt böse auf ihn.

Sie setzte sich neben ihn auf den Boden und nahm ihn in den Arm.

„Schon gut. Ich bin nicht böse auf dich. Ich war nur so überrascht."

„Ich wollte bei Josef sein", schluchzte er. „Ich hatte Angst."

„Wovor denn?"

„In meinem Zimmer ist es so dunkel." Benji wusste nicht, wie er Mami das mit den Ungeheuern erklären sollte.

„Ich habe eine gute Idee: Heute Nacht schalten wir dein Nachtlicht ein."

Benji lächelte.

„Und jetzt ist es Zeit, dass du dich für den Kindergarten fertig machst."

Der Tag verlief prima. Benji spielte schön mit den Kindern im Kindergarten. Aber in der Nacht war es nicht gut, obwohl Mami das Nachtlicht eingeschaltet hatte, das Sterne an die Decke warf.

Das Kratzen war immer noch da.

Das Knacken im Keller.

Und der heiße Atem!

Monster!

Wieder schnappte Benji sich seine Decke und rannte zu Josef. Er drückte den Knopf, die Laterne ging an und ihr beruhigendes Licht warf einen Lichtkegel auf den Boden zu Josefs Füßen. Nicht lange und Benji war eingeschlafen.

Mami schien nichts dagegen zu haben, dass er bei Josef schlief. Sie legte ihm einen Schlafsack auf den Boden, und er schlief jede Nacht dort.

* * * * *

Nachdem Mami ihn eines Abends ins Bett gebracht hatte, hörte Benji sie weinen. Dann hörte er sie mit Oma telefonieren. Einige Worte verstand er nicht.

„Kritischer Zustand."

„Krankenhaus."

„Koma."

Etwas war mit Papa passiert, etwas Schlimmes.

„Was ist los?", fragte er Mami und krabbelte neben ihr in den Sessel im Wohnzimmer. „Hat Papa ein Aua?"

„Ja, Papa hat ein Aua."

„Ein großes?"

„Ja."

„Soll ich beten, dass es besser wird?"

„Ja, wir alle sollten für Papa beten."

„Mami?"

„Ja?"

„Josef passt auf uns auf."

Sie drückte ihn an sich und sagte eine ganze Weile kein Wort.

„Gott passt auf uns auf", sagte sie schließlich. Dann erzählte sie ihm eine Geschichte. „Nachdem Jesus geboren worden war, wollten böse Männer ihm wehtun. Gott schickte Josef im Traum einen Engel, um ihn zu warnen, und Josef brachte Jesus und Maria in ein anderes Land, nach Ägypten, wo Jesus in Sicherheit war."

Benji schaute zu Josef hinüber. Sein Gesicht war freundlich. Er hielt seine Laterne in der Hand und sah aus wie ein guter Vater.

Benji war froh, dass Josef bei ihnen war. Und dass Gott über ihnen wachte.

In dieser Nacht schlief er wieder bei Josef im Wohnzimmer. Als er mitten in der Nacht aufwachte, sah er Mami auf der Couch liegen. Auch sie schien sich in Josefs Gegenwart besser zu fühlen. Benji krabbelte neben sie, und gemeinsam schliefen sie im Lichtschein der Laterne.

* * * * *

Viel Zeit war vergangen, seit sie das letzte Mal am Computer mit Papa gesprochen hatten. Benji vermisste es, ihn zu sehen und seine Stimme zu hören.

Die Blätter fingen an, von den Bäumen zu fallen, und Benji hatte Angst, dass bald Weihnachten wäre und Josef in die Kirche zurückgehen würde, zu Maria und dem kleinen Jesus. Vielleicht würde sein Papa ja auch zu Mami und ihm zurückkommen.

Pastor Higgins hatte einmal gesagt, dass Gott alles tun könne. Also kam Benji zu dem Schluss, dass Gott auch seinen Papa nach Hause bringen konnte.

Im Kindergottesdienst faltete Benji die Hände, um mit Miss Holly zu beten.

„Willst du für etwas Bestimmtes beten?", fragte sie.

„Dass mein Papa nach Hause kommt."

Miss Holly nickte traurig.

„Herr", betete sie, „wir beten für Benjis Papa, dass er schnell wieder gesund wird und bald nach Hause kommt. Beschütze ihn und bringe ihn zu Benji zurück. Amen."

Sie schniefte ein wenig, als sie fertig gebetet hatte, aber Benji fühlte sich gut. Gott würde sich um alles kümmern.

Am Nachmittag kam Pastor Higgins zu ihnen und unterhielt sich mit Mami.

Benji spielte mit seinem Lastwagen auf dem Boden im Wohnzimmer und hörte zu.

Als es Zeit war zu gehen, beteten Pastor Higgins und Mami miteinander, und Pastor Higgins drückte Benji fest an sich.

„Papa kommt bestimmt bald nach Hause. Ich passe so lange auf Mami auf", sagte Benji.

„Du bist ein lieber Junge", lobte ihn der Pastor.

* * * * *

Am nächsten Tag blieb Benji aus dem Kindergarten zu Hause. Oma kam zu ihnen. Irgendetwas war los. Benji machte sich wieder Sorgen. Er berührte Josefs Laterne und hoffte, dass Gott Papa beschützen würde, wie Josef das Jesuskind beschützt hatte.

„Komm mal her, Benji", rief Mami, und zusammen setzten sie sich vor den Computer.

Mami war nervös und drückte immerzu auf die Knöpfe. Schließlich war ein Piepen zu hören, und dann war er da! Papa war da. Er lag in einem Bett, sein Kopf war verbunden, aber er lächelte.

„Papa!"

Benji griff nach dem Bildschirm.

„Nicht berühren, Benji", ermahnte Mami ihn wie immer, aber dieses Mal lachte sie.

„Sonnenschein!", sagte sie. So nannte Mami Papa immer. Benji lächelte.

„Es geht mir schon viel besser." Papas Stimme klang gut.

Oma weinte, aber sie lächelte dabei.

Mami fing auch an zu weinen.

Aber Benji war einfach nur glücklich. Er hatte die ganze Zeit gewusst, dass Gott auf Papa aufpassen würde.

„Papa!" Er griff erneut nach dem Bildschirm. Dieses Mal sagte Mami nichts, und Benji drückte einen Kuss darauf, als würde er seinen Papa küssen.

Dann saß er still auf Mamis Schoß, beobachtete Papa auf dem Bildschirm und hörte ihrem Erwachsenengespräch zu.

Josef stand in seiner Ecke und ließ sein Licht leuchten.

Und endlich sagte Papa etwas, was auch Benji verstand.

„Ich komme nach Hause."

* * * * *

In der Zwischenzeit im Park …

Griffin hatte das kleine Mädchen mit den Puppen gesehen, hatte beobachtet, wie sie sie auf den Schaukeln festband, und dann war er eingeschlafen. Dies war seine Lieblingsbank im Park. Sie war etwas älter als die anderen, eine der Bänke, bei der sich die Latten unter seinem Gewicht leicht durchbogen. Das war sehr angenehm.

Als er wieder aufgewacht war, war das kleine Mädchen fort gewesen, aber Jesus saß noch immer auf der Schaukel, die schon lange nicht mehr schaukelte. Er blickte Griffin an, hatte die Arme nach ihm ausgestreckt, als würde er ihn zu sich rufen.

Griffin starrte das Jesuskind an. Aus Gründen, die er nicht erklären konnte, wollte er dieses Plastikbaby auf einmal haben. Er schlenderte hinüber und band es von der Schaukel los, nahm es auf den Arm und schlenderte mit ihm durch den Park.

Griffin zeigte Jesus die Attraktionen des Parks, die Kamelien, die in voller Blüte standen, die in akkuraten Reihen gepflanzten Stiefmütterchen in den Beeten, die Enten, die heiter über den Teich glitten, und die Eukalyptusbäume in all ihrer Pracht.

In der Abenddämmerung kehrte Griffin zu seiner Lieblingsbank zurück und legte sich schlafen. Sein Kopf ruhte auf der Brust des Babys, und in den ausgestreckten Armen des Jesuskinds schlief er ein.

In der Nacht hatte er einen Traum. Alles um ihn herum war dunkel. Er spürte, dass ein Mann neben ihm saß. Plötzlich begann der Mann zu sprechen und ihm Glaubensdinge zu erklären. Griffin lauschte aufmerksam und nahm jedes Wort in sich auf, ließ das Gesagte tief in sein Herz sinken.

Langsam wich die Dunkelheit, die ihn umgeben hatte. Zuerst sah er nur ein schwaches Licht, dann Nebel, dann Gestalten, die sich bewegten, bis seine Sicht immer klarer wurde und er den Mann neben sich sehen konnte. Es war Jesus.

Griffin fuhr aus dem Schlaf hoch. Er starrte das Jesuskind an, dessen Arme immer noch ausgestreckt waren. Zum ersten Mal fiel Griffin das Strahlen in seinen Augen und das sanfte Lächeln in seinem kleinen Gesicht auf. Er verspürte plötzlich eine Leichtigkeit und Lebendigkeit in sich, die er vorher nicht empfunden hatte. Ob Jesus etwas damit zu tun hatte? Tief in seinem Inneren wusste er die Antwort.

Entschlossen stand er auf und machte sich auf den Weg zur

Obdachlosenunterkunft. Jeden Morgen vor dem Frühstück wurde dort eine Andacht gehalten, und heute wollte er sie auf keinen Fall verpassen.

Jesus ließ er auf der Bank liegen …

Kapitel 6

Die Krippe

In Bethlehem kam für Maria die Stunde der Geburt. Sie brachte ihr erstes Kind, einen Sohn, zur Welt. Sie wickelte ihn in Windeln und legte ihn in eine Futterkrippe im Stall, denn im Gasthaus hatten sie keinen Platz bekommen.
Lukas 2,6–7

Es war Dienstagmorgen, als Sarah eine tote Maus auf der Verandatreppe fand. Sie hatte die Tür geöffnet, um die frische Kühle des Morgens hereinzulassen und zu beobachten, wie der Nebel aus den Wiesen und über den Wäldern aufstieg. Und dort auf der Verandastufe lag sie, die Maus. Klein, grau, mit dem weißen Bauch nach oben, leblos und still.

Sie schaute sich um. Panik stieg in ihr hoch. Sie wusste, eine tote Maus war – im wahrsten Sinne des Wortes – keine große Sache, aber der Anblick von toten Lebewesen hatte sie schon immer überfordert.

Wen könnte sie anrufen? Sie kannte niemanden in dieser Stadt. Außer Pastor Higgins. Ihn hatte sie kennengelernt, als sie den Schlüssel für das Haus im Gemeindebüro abgeholt hatte. Aber ihn anzurufen, war abwegig. Sie zwang sich, tief durchzuatmen und nachzudenken. Sie würde schon allein damit fertigwerden.

Woher kam die Maus?

Das war bestimmt der Kater gewesen.

Sie hatte beobachtet, wie ein wilder Kater um ihr Grundstück herumgeschlichen war. Zimtfarben, groß und wohlgenährt. Offensichtlich gab es hier draußen auf dem Land jede Menge Mäuse. Er konnte sich rund und satt fressen. Der Kater hatte sich dicht am Rand des Feldes gehalten und sie mit seinen großen, leuchtenden Augen beobachtet.

Und jetzt hatte er ihr, wie es schien, ein Geschenk gebracht. Später würde sie eine Schaufel aus der Scheune holen und das kleine Tier begraben. Bei dem Gedanken daran erschauderte sie in ihrem dünnen Morgenmantel. *Ein toller Start in den Tag.*

Das Gras war nass vom Tau. Aufmerksam suchte sie die Wiese ab. Nichts. Kein Kater. Er war verwildert, ungezähmt, und trotzdem hatte er ihr dieses Geschenk gemacht. Eine tote Maus war kein erstrebenswertes Geschenk, aber es war schon lange her, dass ihr überhaupt jemand eines gemacht hatte.

Der Teekessel pfiff, und sie schloss die Tür hinter sich. Zeit genug, sich später um die Maus zu kümmern.

Sie rief Jonas an.

Während sie darauf wartete, dass er ans Telefon ging, stellte sie sich vor, wie er in seinem Büro in Manhattan saß, weit weg von Wiesen und Mäusen. Vor ihrem inneren Auge sah sie, wie er einen Zug von seiner Zigarette nahm, die Brille auf der Nase, auf seinem Schreibtisch türmten sich die Manuskripte anderer Autoren.

„Jonas am Apparat.“ Seine Stimme war rau und schroff.

Während sie ihm von dem Kater und der toten Maus erzählte, erschienen ihr ihre Worte irgendwie surreal, als wäre sie verrückt.

„Du bist dort draußen, um zu dir zu kommen. Das letzte, was du jetzt brauchst, ist ein Kater, der dich ablenkt.“

„Ich weiß.“

„Konzentriere dich auf dich. Konzentriere dich auf den Roman.“

„Ich weiß, aber …“ Plötzlich empfand sie eine Sehnsucht, die sie nicht erklären konnte.

„Dieses Tier ist verwildert. Es könnte Tollwut haben.“

„Ich weiß.“

„Vergiss den Kater. Du musst schreiben. Soll ich zu dir kommen?“

„Nein.“

Sie hatte zwar Nein gesagt, doch insgeheim wünschte sie, er würde herkommen. Sie sehnte sich nach einem Gegenüber am Küchentisch. Eine zweite Kaffeetasse. Jemand, mit dem sie lachen konnte. Ein Grund, morgens aus dem Bett zu steigen.

Sie beendete das Gespräch, doch nun fühlte sie sich noch einsamer, und sie schämte sich, dass sie Jonas überhaupt angerufen hatte. Sie hatte sich kindisch verhalten. Hier draußen fühlte sie sich tatsächlich ein wenig wie ein Kind.

* * * * *

Warum war sie überhaupt hergekommen? Allein auf dem Land. Ein Farmhaus am Waldrand. Idyllisch. Ländlich. Still. Genau der richtige Ort, um ihren Roman zu schreiben, hatte sie gedacht und das für eine gute Idee gehalten. Auf die Anzeige war sie im Internet gestoßen, und kurz entschlossen hatte sie das Haus gemietet, ohne es sich vorher anzuschauen.

„Ich brauche Ruhe“, hatte sie gesagt. Das Foto von der Kleinstadt und der Kirche war so bezaubernd gewesen und hatte die Sehnsucht nach Zugehörigkeit in ihr geweckt.

Aber die Realität war anders als ihre idyllischen Träume. Die Ruhe machte sie verrückt. Die Idylle hatte ihr eine tote Maus auf der Treppenstufe beschert.

Der Morgen war klar, die Luft war frisch und kühl, und dennoch hatte sie den Wunsch zu schreiben verloren. Wenn sie ehrlich war, hatte sie, seit sie hier angekommen war, keine Lust zu schreiben mehr verspürt.

Als sie zugestimmt hatte, einen weiteren Roman zu schreiben, hatte sie das für eine gute Idee gehalten. Ihr erstes Buch *Eine kleine Nachtmusik* war auf Anhieb auf der New-York-Times-Bestsellerliste gelandet, und jetzt spekulierten alle, was wohl als Nächstes kommen würde.

Dieses erste Buch war für sie ein großes Geschenk gewesen. Es war sozusagen aus ihr herausgeflossen, ganz leicht und mühelos. In nur sechs Monaten hatte sie den ersten Entwurf fertiggestellt, und ihr Agent war begeistert gewesen.

Danach war ihr Leben sehr hektisch geworden: unzählige Signierstunden in Buchläden, Interviews und Lesungen in Bibliotheken. Das war wie im Nebel an ihr vorbeigezogen. Und dann war es vorbei gewesen.

„Und was kommt jetzt?", hatte Jonas gefragt.

Sie wusste es nicht.

Könnte sie das noch einmal schaffen? Wie war ihr das beim ersten Mal überhaupt gelungen? Sie wusste nicht, was als Nächstes kommen oder ob es überhaupt ein nächstes Buch geben würde.

Sie wollte jetzt nicht an das Buch denken.

Der Kater.

Vielleicht sollte sie eine Falle aufstellen, um ihn zu fangen. Vielleicht könnte sie ihn mit Katzenfutter anlocken. Zumindest könnte sie dafür sorgen, dass er seine Impfungen bekam. Vor ein paar Tagen hatte sie ihn auf der Wiese in der Sonne liegen sehen, ein anderes Mal hockte das dicke Tier vor dem Bau eines Streifenhörnchens.

Als sie einmal am Nachmittag auf dem Holzstuhl in der Nachmittagssonne gesessen hatte, hatte sie sich beobachtet gefühlt. Sie schlug die Augen auf und entdeckte das Tier auf der anderen Seite der Wiese. Seine goldenen Augen waren auf sie gerichtet. Als sie aufstand, flitzte es davon.

Ein scheuer Kater.

Hatte er sie beobachtet, als sie auf der Veranda des alten Farmhauses stand? Wartete das Tier darauf, dass sie das Geschenk annahm? Nein, sie hatte nicht die Absicht, eine tote Maus ins Haus zu holen. Ihr ganzes Leben lang bemühte sie sich schon darum, Menschen zu gefallen. Sie würde keine Anstrengungen unternehmen, einem verwilderten Kater zu gefallen. Sie würde in der Scheune eine Schaufel holen und sich des „Geschenks" annehmen.

Schnell streifte sie Jeans und Pullover über und öffnete die Tür. Die Maus war weg.

Sie schloss die Tür wieder. Der Kater war in der Nähe. Sie spürte es. Aber auf keinen Fall würde sie ihn hereinlassen.

Wenn man einen Kater erst einmal ins Haus ließ, wurde man ihn nicht wieder los. Er nahm das Haus in Besitz. Er wetzte seine Krallen am Teppich und hinterließ sein Fell auf dem Sessel. Er wollte gestreichelt und gefüttert werden.

Entschlossen wandte sie sich von der Tür ab und ging zurück in die Küche. Damit würde sie gar nicht erst anfangen. Keine Katzen.

Aber sie merkte, dass sich ihre Gedanken den ganzen Tag über ununterbrochen um den Kater drehten. Und am Abend fragte sie sich, wo er wohl schlief. In der alten Scheune oder vielleicht im Wald? War das nicht gefährlich?

* * * * *

Am nächsten Morgen schnappte sie sich ihre Jacke und ging nach draußen. Die Sonne war mittlerweile aufgegangen. Abenteuerlust packte sie. *Vergiss den Roman. Vergiss Jonas.* Sie würde jetzt den Kater suchen.

Ihr Blick wanderte zu der alten Scheune hinüber. Bei ihrer Ankunft hatte sie sie zwar wahrgenommen, sie aber bisher nicht betreten. Das alte Gebäude hatte etwas Ehrwürdiges an sich, das sie hatte zögern lassen.

Vielleicht gab es dort ja einen Hinweis auf das Tier, einen kleinen Schlafplatz, eine Kuhle im Heu.

Sie stellte sich vor, wie der Kater sie beobachtete und auf eine Reaktion von ihr wartete. Nur langsam ging sie auf die Tür zu, die schief in den Angeln hing. Das alte, verwitterte Holz war wunderschön, und sie strich über die rauen Bretter. Mit aller Kraft drückte sie dagegen, und schließlich gab die Tür nach.

Im Inneren der Scheune war es dunkel. Sie ließ ihren Augen eine Weile Zeit, um sich an die Dunkelheit zu gewöhnen. Durch die Ritze in der Wand fiel etwas Licht herein. Heu bedeckte den Boden. Bis auf einen alten, verrosteten Traktor, einige Bretter und ein paar Ballen Heu war die Scheune leer. Kein Kater.

Es gab noch einen Heuboden, und sie überlegte, ob sie die wacklige

Leiter hochklettern sollte, doch sie entschied sich dagegen. Sie musste an die tote Maus denken und fragte sich, ob sie vielleicht hier zu Hause gewesen war. Der Kater schaffte es vermutlich sowieso nicht, diese Leiter hochzuklettern. Vielleicht schlief er hinter dem Holz.

Sie ging zu dem Holzstapel hinüber. Bei genauerem Betrachten erkannte sie, dass es sich um Bretter handelte, die zum Bau einer kleinen Hütte dienten. Und hinter dem Holz entdeckte sie die Krippe. Es musste eine Krippe sein. Sie sah genauso aus wie die Weihnachtskrippe, die früher in ihrer Kindheit immer in ihrer Gemeinde aufgebaut worden waren. Die Krippe war mit Heu gefüllt. Und eine kleine Decke lag darin. In der Mitte war das Heu eingedrückt; jemand – ein kleines Tier, ein Kater vielleicht – schien dort gelegen zu haben.

Die Strahlen der Morgensonne, die durch die Bretterwand schien, tauchten die Krippe in wunderschönes Licht. In der Scheune war es still und ruhig, wie in einer Kirche. Hohe Decken und eine stille Ehrfurcht. Wann hatte sie das letzte Mal eine solche Stille erlebt? Ein Bibelvers, den sie schon lange nicht mehr gehört hatte, fiel ihr ein. *Sie wickelte ihn in Windeln und legte ihn in eine Futterkrippe im Stall. Denn in der Herberge hatten sie keinen Platz gefunden.*

Wie seltsam. Sie trat näher und berührte das raue Holz der Krippe. Sie war alt und schien definitiv zu einer Weihnachtskrippe zu gehören. Aber wo waren die anderen Figuren? Maria, Josef und das Baby?

Sie dachte an Pastor Higgins und die Gemeinde, in der sie den Schlüssel abgeholt hatte. Vielleicht wusste er etwas über den Kater. Vielleicht suchte jemand verzweifelt nach ihm.

* * * * *

„Pastor Higgins?“

„Ja?“

„Hier spricht Sarah. Ich habe das Farmhaus der Marshalls gemietet.“

„Ja, ich erinnere mich. Ist alles in Ordnung?"

„Ja … es ist nur. Nun …" Jetzt kam ihr der Anruf albern vor.

„Stimmt etwas nicht?"

„Hier draußen streicht ein Kater herum. Und ich habe mich gefragt, ob ihn vielleicht jemand vermisst."

Pastor Higgins lachte. „Auf dem Land gibt es viele streunende Katzen", erklärte er. „Sie fangen die Mäuse."

„Ich weiß. Er hat mir eine gebracht."

„Katzen machen gern Geschenke."

„In Ordnung. Danke, Pastor Higgins." Es war nett, eine andere Stimme zu hören, aber sie wusste nicht, was sie sonst noch sagen sollte.

„Sarah?"

„Ja?"

„Wir würden uns freuen, wenn Sie am Sonntagmorgen in den Gottesdienst kämen. Sie sind jederzeit bei uns willkommen."

„Danke", erwiderte sie und beendete das Gespräch.

* * * * *

Am nächsten Morgen fand Sarah ein Streifenhörnchen auf der Treppe. Seine Augen waren glasig und blickten ins Leere. Trotz des Anblicks verspürte sie Erleichterung. Beinahe Freude. Sie war nicht vergessen. Dort draußen in der Wildnis, fern von Jonas und dem hektischen Treiben von New York, hatte sie einen Freund. Einen Katzen-Freund, der an sie dachte – auch wenn seine Geschenke ihr immer noch nicht gefielen …

Welcher Name wohl zu ihm passte?

Sie sollte dem Kater lieber keinen Namen geben. Solange er wild und ohne Namen war, bestand keine Gefahr. Aber ungebeten kam ihr plötzlich ein Name in den Sinn. *George.*

Nein, nein! Ich werde ihm keinen Namen geben.

Er sieht aus wie ein George.

So, jetzt war es passiert. Er hatte einen Namen. Sie lächelte.

Da klingelte das Telefon.

Es war Jonas.

„Hallo, Sarah. Alles okay bei dir?"

„Sicher, alles okay. Es läuft gut", log sie. Mit schlechtem Gewissen betrachtete sie den Laptop, der ungeöffnet auf dem Küchentisch stand. Sie war froh, dass Jonas den Topf mit Milch in ihrer Hand nicht sehen konnte.

Sie stellte den Topf auf die Arbeitsplatte und fuhr sich mit der Hand durch die Haare. Zum Glück konnte er auch nicht sehen, dass sie immer noch ihren Schlafanzug trug.

„Heute Morgen hat er mir ein Streifenhörnchen gebracht."

„Was? Von wem redest du?"

„Von dem Kater."

„Wir haben doch gestern über den Kater gesprochen. Du kannst eine solche Ablenkung nicht gebrauchen. Wir haben einen Abgabetermin. Der Verlag braucht das Buch für den Frühling. Wie viele Wörter hast du schon?"

Null Wörter, aber sie konnte sich nicht überwinden, ihm das zu gestehen.

Sie wollte jetzt nur dieses Gespräch beenden. Sie wollte weg von Jonas und der Welt, die so viel von ihr verlangte. Sie wollte jetzt nur mit dem Milchtopf auf der Verandatreppe sitzen und auf George warten. Dann würde sie sich noch mal in der Scheune umschauen und auf der Wiese nach Spuren von ihm suchen.

Sie hatte gewusst, dass sie eine Auszeit brauchte, aber hier, weit weg von ihrem Leben in New York, wurde ihr bewusst, wie erschöpft sie wirklich war. Sie brauchte dringend Ruhe.

„Ich rufe dich später noch mal an", sagte sie. Doch sie wusste, dass sie das nicht tun würde.

„Ich bin erschöpft, George", rief sie durch das Fenster zur Wiese hinüber.

Es tat gut, das auszusprechen. Aber es war sehr gefährlich, mit einem Kater zu sprechen; mehr noch, als ihm einen Namen zu geben. Denn ein Gespräch führte zu einer Beziehung. Und sie durfte keine Beziehung zu ihm aufbauen. Ende des Monats würde sie wieder von hier fortgehen, zurück in ihre Wohnung in New York, und in New York war kein Platz für George.

* * * * *

Nachmittags schlüpfte Sarah in ihre Stiefel, schnappte sich Schal und Mütze, um sich vor der kühlen Herbstluft zu schützen, und brach zu einem Spaziergang auf. Vor dem Laptop zu sitzen und auf den Bildschirm zu starren, brachte sie keinen Schritt weiter. Vielleicht fand sie George ja. Vielleicht war die Krippe tatsächlich sein Schlafplatz. Aber wo steckte er jetzt?

Sie schlenderte über einen alten Holzpfad durch den Wald, bis sie einen kleinen Hügel erreichte. Als sie ihn in Angriff nahm, spürte sie neue Energie in sich. Die Vögel sangen und vereinzelt blitzten Sonnenstrahlen durch die Baumkronen. Sie dachte über George nach. Er war scheu. Vielleicht war er schon oft verletzt worden. Er traute Menschen nicht. Sie lächelte – er war ihr sehr ähnlich.

Erinnere dich … In ihrem Inneren hörte sie eine Stimme. Sie hatte das Gefühl, als würde jemand mit ihr reden. *Erinnere dich … Wann hast du dich mir das letzte Mal nahe gefühlt?*

Und plötzlich stand es ihr klar vor Augen: Ihre Seele hatte sich versteckt, hatte Angst wie der verwilderte Kater. Irgendwann im Laufe ihres Lebens hatte sie beschlossen, sich zu verstecken. Irgendwo auf dem Weg hatte sie Gott aus den Augen verloren. Die leere Krippe erinnerte sie an all das, was sie verloren hatte. Wann hatte sie zuletzt einen Gottesdienst besucht? Sie konnte es nicht sagen.

Auf dem Rückweg zum Farmhaus fühlte sie sich dennoch getröstet. Die Natur um sie herum war wunderschön. Manhattan besaß einen gewissen Charme, war aber nicht vergleichbar mit dem hier. Hier war Frieden. Und während sie zügig ausschritt, öffnete sich ihr Herz immer mehr.

Am frühen Abend saß sie in eine kuschelige Decke eingewickelt auf der Veranda, trank Tee und ließ die Seele baumeln. Und zwar ganz ohne schlechtes Gewissen …

* * * * *

Als sie am nächsten Morgen erwachte, hatte sich irgendetwas in ihr verändert. Sie legte den Kopf zurück auf das Kissen. Was war es nur? Vielleicht ein Gefühl von Hoffnung. Sie hatte den Eindruck, dass irgendjemand mit ihr in Verbindung treten wollte. George? Oder vielleicht jemand anderes? Sie stand auf, streifte den Bademantel über und eilte in den Flur. Voller Spannung öffnete sie die Haustür.

Nichts.

Die Treppe war leer. Heute kein Geschenk. Das fühlte sich nicht richtig an. Bisher war der Kater doch so zuverlässig gewesen. Und jetzt nichts. Aber so waren Katzen eben. Unberechenbar.

Sarah seufzte. Der Tag lag unendlich lang vor ihr. Sie würde noch einmal in die Scheune gehen und nach weiterem Zubehör für die Weihnachtskrippe suchen. Vielleicht war es ja auf dem Heuboden untergebracht.

Sie kochte sich einen Tee und schaute hinaus auf die Wiese. Der übliche Druck zu schreiben oder etwas zustande zu bringen, war weg. Doch er würde garantiert wiederkommen …

Die alte Scheune lockte, darum zog Sarah sich warm an und ging nach draußen.

Das Morgenlicht fiel durch die Bretterwand und das Heu duftete nach Morgentau. Sie atmete tief ein und erfreute sich an dem Geruch. In der Stille des Augenblicks hörte sie ein Geräusch, es klang wie leises Fiepen. Und es kam aus der Ecke, in der die Krippe stand.

Sarah zögerte. Möglicherweise bot die alte Scheune auch anderen Tieren Unterschlupf. Einem Opossum oder einem Waschbär. Manche dieser Tiere übertrugen Tollwut. Sie nahm eine Schaufel zur Hand und schlich leise zur Ecke hinüber.

Als sie an den Heuballen vorbeispähte, sah sie, dass die Krippe nicht mehr leer war. George saß darin, hatte sich über etwas Lebendiges gebeugt und beleckte es. War das sein Frühstück? Ein Streifenhörnchen oder eine Maus vielleicht? Diesen Gedanken konnte Sarah kaum ertragen.

Vorsichtig trat sie näher.

„George …"

Sie blieb stehen.

George hatte nicht den Tod in die Krippe gebracht. Er … *sie* … hatte neues Leben hineingebracht!

In der Krippe tummelten sich niedliche Katzenbabys. Sie drückten sich an ihre Mutter, die sie vorsichtig ableckte. Das Geräusch, das Sarah gehört hatte, war das leise Fiepen der kleinen Kätzchen gewesen. Sarah hielt Abstand, um „Georgina", wie sie sie von nun an nennen würde, nicht zu verschrecken.

Und sie staunte über Gottes Schöpfung und das Wunder der Geburt …

* * * * *

In Gedanken versunken ließ sich Sarah auf einem Heuballen nieder. Georgina hatte ihre Arbeit beendet und lag jetzt ganz still in der Krippe. Die kleinen Kätzchen schliefen tief und fest. Ein Schnurren erfüllte den Raum.

In diesem Moment verspürte Sarah einen tiefen Frieden. Die Leere in ihr war jetzt der Hoffnung und Zufriedenheit gewichen.

Sie wickelte ihn in Windeln und legte ihn in eine Futterkrippe im Stall.

Maria hatte für ihr Baby gesorgt. Sie hatte es warm eingepackt und in die Futterkrippe gelegt, weil sie kein Bett für Jesus gehabt hatte.

Gott hatte Sarah keine Kinder geschenkt, aber er hatte ihr die Fähigkeit gegeben, durch ihre Geschichten etwas zu erschaffen. Die Entstehung ihres ersten Buches konnte man nicht anders als geheimnisvoll bezeichnen. Es war in einer Zeit entstanden, als sie sich Gott ganz nahe gefühlt hatte. Sie hatte seine Gegenwart gespürt, während die Worte förmlich aus ihr herausgeflossen waren.

Ich bin da.

Hier an diesem Ort spürte sie wieder seine Gegenwart, und in diesem Frieden kam ihr eine Idee – der Beginn einer Geschichte. Das Bild von einer Frau, einer Katze und einer Krippe. Sie wartete und spürte dem Gedanken nach. Eine Geschichte, in der es darum ging, von der Leere zur Fülle zu kommen. Vom Dunkel ins Licht. Vom Tod zum Leben.

Die Idee nahm in ihr Gestalt an. Eine Frau, die eine Tür öffnete und eine kleine graue Maus fand. Ein Anfang. Vielleicht tatsächlich der Anfang ihres nächsten Buches. Sie blieb noch eine Weile sitzen. Und dann fiel ihr die erste Zeile ein. *Es war Dienstagmorgen, als sie die tote Maus auf ihrer Treppe fand. Für sie war es der Anfang eines neuen Lebens.*

Sie eilte an ihren Laptop und begann zu schreiben.

* * * * *

In der Zwischenzeit im Park …

Wie jeden Nachmittag schlenderte Eli durch den Park. In der Hand hielt er eine Papiertüte mit Brotresten. Seit seine Frau Irene verstorben und er ins Seniorenheim gezogen war, fühlte er sich zunehmend einsam. Der tägliche Ausflug in den Park bot ihm eine willkommene Ablenkung von seinem Witwerdasein.

Es war ein wunderschöner Tag, die Sonne stahl sich durch die Wolken und schickte ihre wärmenden Strahlen zur Erde – die besten Bedingungen für ein Schläfchen, beschloss Eli und machte sich daran, eine freie Bank zu suchen.

Was für ein Glück! Seine Lieblingsbank war frei. Er ließ sich darauf nieder, lehnte sich zurück und schloss die Augen. Diesen Ort liebte er. Den Himmel hatte er sich immer vorgestellt als einen Ort wie diesen, mit Frühlingsblumen und bunten Farben und …

Seine Augen flogen auf. Er hatte den Eindruck, als versuche jemand, ihn aufzuwecken. Aber da war niemand. Was für ein ungewöhnliches Gefühl. Er schloss die Augen wieder, doch einige Sekunden später musste er nach einer eingebildeten Fliege schlagen. Er wäre gern in seinem persönlichen Himmel geblieben, aber jemand oder etwas ließ ihm einfach keine Ruhe. Noch einmal versuchte er, in seinen Tagtraum abzutauchen, aber es sollte nicht sein. Diese lästige Fliege oder was immer es war, das ihn aufwecken wollte, hatte gewonnen, und er setzte sich auf.

Seine Tüte mit Brot stand neben ihm, und er warf die Brotkrumen den Tauben hin. Die Vögel kamen angeflattert und pickten die Krümel auf.

Ein einsamer Vogel ließ sich hinter ihm nieder. Als Eli sich zu ihm umdrehte, fiel sein Blick auf eine Bank weiter hinten im Park.

Er traute seinen Augen nicht. Dort lag das Jesuskind, allein und vergessen.

Was für ein Bild!, ging es Eli durch den Kopf.

Wie viele Menschen liebten Jesus, wenn es ihnen gerade in den Kram passte. Doch sobald sie etwas Besseres fanden, wandten sie sich wieder von ihm ab. Als junger Mann hatte Eli es genauso getan. Doch inzwischen wusste er es besser …

Er lächelte. Ja, er würde Jesus mitnehmen. Auf keinen Fall würde er ihn die ganze Nacht allein im Park lassen. Es gab zu viele Vandalen in der Gegend. Wer wusste schon, was sie mit ihm anstellen würden? Er musste seinen Herrn und Erlöser schützen, der am Kreuz für seine Sünden gestorben war.

Es kam nicht infrage, ihn hier zurückzulassen.

Eli warf einen Blick auf seine Uhr. 17:45 Uhr. Die meisten Leute waren mittlerweile zum Abendessen zu Hause, und er musste jetzt auch gehen. Abendessen gab es im Seniorenheim um Punkt 18 Uhr.

Er erhob sich, ging hinüber zu der Bank, nahm das Baby auf den Arm und machte sich zufrieden vor sich hin summend auf den Heimweg.

Kapitel 7

Der Stern

Jesus wurde in Bethlehem geboren, einer Stadt in Judäa. Herodes war damals König. Da kamen einige Sterndeuter aus einem Land im Osten nach Jerusalem und erkundigten sich: „Wo ist der neugeborene König der Juden? Wir haben seinen Stern aufgehen sehen und sind aus dem Osten hierhergekommen, um ihm die Ehre zu erweisen."
Matthäus 2,1–2

Als Rachel in ihrem Van auf den Parkplatz der Kirche einbog, sah sie mehrere Leute, die sich eine der Krippenfiguren aussuchten und wegtrugen. Ihr Blick fiel auf den Stern. Den würde sie gern mitnehmen. Eilig begab sie sich auf die Suche nach einer Parklücke.

Das war natürlich kindisch, aber sie hatte schreckliche Angst, jemand könnte ihr zuvorkommen und ihr den Stern wegschnappen, während sie den Wagen parkte und den Rasen überquerte.

Dabei war der Stern gar nichts Besonderes. Ein Plastikstern an einem langen Holzstab. Und ein Kabel mit Stecker, um das Licht einzuschalten. Normalerweise wurde der Stab hinter der Holzwand der Krippe versteckt, und der Stern, scheinbar schwebend, warf sein Licht auf die Krippenszene.

Rachel war froh, dass sie mit dem Van hergekommen war. Der Kofferraum bot genügend Platz, um den Stern heil nach Hause zu bringen. Das hieß, falls ihr ihn nicht irgendjemand vor der Nase wegschnappte.

Endlich eine freie Parklücke. Sie legte den Rückwärtsgang ein und versuchte, den Van einzuparken. *Diese Parkplätze sind aber auch schmal!*

Sie setzte zurück und versuchte es noch einmal, aber auch dieses Mal stand der Wagen ziemlich schief in der Lücke.

Ein junger Mann kam aus der Kirche und steuerte auf die Krippenfiguren zu. Voller Entsetzen beobachtete Rachel, dass er geradewegs auf den Stern zuging.

Sie schaltete den Motor aus, obwohl sie auf der Beifahrerseite viel zu dicht am Wagen neben ihr stand, sprang aus dem Auto und lief auf die wenigen Krippenfiguren zu, die noch übrig waren. Im Laufschritt hechtete sie um einen Busch, wich einer mittelgroßen Pfütze aus und sprang über ein Beet mit Herbstblumen.

Gerade als der junge Mann sich nach rechts Richtung Parkplatz wandte, hatte sie den Stern erreicht und schnappte sich ihn. Der Mann hatte gar nicht die Absicht gehabt, sich eine Figur auszusuchen.

Rachel blickte sich um, um herauszufinden, ob irgendjemand ihren verzweifelten Sprint beobachtet hatte. Niemand in Sicht.

Sie brachte den Stern zu ihrem miserabel eingeparkten Wagen und legte ihn in den Kofferraum. Später würde sie Pastor Higgins noch mitteilen, was sie sich ausgesucht hatte.

„Wir sagen Bescheid, wenn wir die Figuren wieder brauchen", hatte er am Telefon gesagt.

Wegen ihrer gesundheitlichen Probleme hatte Rachel sich nur widerstrebend bereit erklärt, eine der Krippenfiguren bis Weihnachten aufzubewahren, aber nachdem sie den Stern nun ergattert hatte, war sie überglücklich.

Sie stieg in den Wagen ein und blieb eine Weile hinter dem Lenkrad sitzen. Vielleicht war der Stern genau das, was sie brauchte – viel mehr als einen Besuch bei Pastor Higgins. Sie dachte an die drei Weisen, die dem Stern gefolgt waren und Jesus gefunden hatten, und spürte eine tiefe Sehnsucht in sich. Vielleicht würde auch sie in den kommenden Wochen Antworten auf ihre Fragen finden …

Dieses Jahr war recht turbulent verlaufen. Angefangen hatte es mit Rogers Verlust seiner Arbeitsstelle an der Universität und seiner Zwangspensionierung. Und jetzt auch das noch. Ihr Blick senkte sich auf ihre linke Hand, deren kleiner Finger auf ihrem Schoß zitterte. Bisher wusste nur Roger von ihrer Diagnose, und das Gespräch war nicht gut gelaufen. Sie würde niemandem sonst davon erzählen, nicht einmal Pastor Higgins. So lange es ging, würde sie es geheim halten.

Die Krankheit hatte sich ganz langsam in ihr Leben geschlichen.

Das erste Anzeichen hatte sie eines Sonntags beim Klavierspielen bemerkt. Woche für Woche begleitete sie die Kinder der Sonntagsschule beim Singen. Sie liebte die fröhlichen Lieder, vor allem, wenn sie von Kindern gesungen wurden. In den Kinderstimmen lag eine Unschuld, die sie tief berührte, wenn sie auf dem alten Klavier in der Kirche für sie spielte.

An jenem Tag war es anders gewesen. Ihre Hände hatten wie immer einen Moment über den Tasten verharrt. Das war der Augenblick, den sie besonders liebte. Diese erwartungsvolle Stille vor dem Liedbeginn. Dieser Augenblick, in dem die Kinder, die um sie herumstanden, plötzlich mucksmäuschenstill wurden, weil sie sich auf die Musik freuten. Es war wie das Atemholen, bevor ein Sänger zu singen begann. Doch dieses Mal hatte etwas den besonderen Moment gestört.

Rachels kleiner Finger zitterte. Sie beobachtete ihn eine Weile und wollte ihn zwingen, sich zu benehmen, ruhig zu sein wie die anderen Finger, aber das Zittern hörte nicht auf. Sie bewegte ihre Hände und schlug den ersten Akkord an, aber der „Ungehorsam" des kleinen Fingers ging weiter. Die Kinder bemerkten es nicht, sie aber schon.

Während sie spielte, lag wie immer ein Lächeln auf ihrem Gesicht, aber innerlich war sie aufgewühlt. Sie wunderte sich. Konnte es sich nicht erklären. Vielleicht hatte sie insgeheim eine Vermutung, aber sie wollte sich nicht eingestehen, dass etwas nicht stimmte.

Nach dem Lied eilte sie hinaus. Ihre Hand hatte sie tief in ihre Tasche gesteckt. Der kleine Finger sprang immer noch in seinem eigenen Rhythmus. Zu Hause massierte sie den Finger und badete ihn in warmem Wasser, aber das Zittern hörte nicht auf.

„Was ist los?", fragte Roger, als er sah, dass sie ihre Hand ins Wasser hielt.

„Nichts Schlimmes", antwortete sie. „Nur ein Krampf oder so etwas."

Aber tief in ihrem Inneren fragte sie sich, ob es nicht doch mehr war als ein Krampf.

„Lass mich mal sehen", sagte er. Er stand neben ihr und wartete ungeduldig darauf, dass sie die Hand ausstreckte.

„Nein. Ich habe doch gesagt, es ist nichts!" Normalerweise fuhr sie ihn nicht so an, aber das hier war etwas anderes.

„Ist ja gut …" Roger wich mit erhobenen Händen zurück.

* * * * *

In den folgenden Wochen legte sich Rachel alle möglichen Erklärungen für das Zittern ihres Fingers zurecht, doch sie ahnte nicht, dass es der Anfang vieler Treuebrüche ihres Köpers gewesen war.

Andere Symptome folgten, aber Rachel erkannte sie nicht. Erst jetzt im Rückblick konnte sie die Anzeichen einordnen. Die Steifheit in ihren Armen. Der seltsame Gang, den sie selbst gar nicht bemerkte, bis eine Freundin zu ihr sagte: „Rachel, du gehst wie eine alte Frau!"

Roger bemerkte die Veränderungen nicht. Sein Roman nahm seit Neustem seine ganze Zeit in Anspruch. Seit er seine Stelle an der Universität verloren hatte, arbeitete er wie besessen daran. Das war seine Art, die Krise zu bewältigen. Eigentlich hatte er vorgehabt, noch einige Jahre an der Universität zu arbeiten und dann in Rente zu gehen. Doch plötzlich hatte die Universität mit einem staatlichen College fusioniert, und einige Stellen mussten eingespart werden.

Rachel machte sich große Sorgen um Roger. Er war noch so jung im Glauben, und der Verlust seiner Arbeitsstelle traf ihn hart. Kein

Wunder, dass es auch ihr nicht gut ging, dachte sie. Bei dem Stress, den sie beide gerade hatten …

Als in der Praxis des Arztes schließlich das Wort Parkinson fiel, brach für sie eine Welt zusammen. Beim anschließenden Mittagessen mit Roger nahm sie all ihren Mut zusammen und legte ihre zitternden Hände auf den Tisch.

„Roger?" In seinen Augen entdeckte sie diesen abwesenden Blick, den er immer hatte, wenn er mit den Gedanken woanders war.

„Roger!"

„Ja?"

Es folgte ein Augenblick der Stille, bis sie seine volle Aufmerksamkeit hatte, genau wie bei den Kindern im Kindergottesdienst, bevor sie anfing zu spielen.

Sie wusste nicht, wie sie es ihm schonend beibringen sollte, darum platzte sie einfach mit der schlechten Nachricht heraus.

„Roger, ich habe Parkinson."

Er blickte sie verständnislos an.

Sie hätte sich gewünscht, dass er ihre Hände ergreifen und sie in den Arm nehmen würde. Aber er saß nur stumm da, bevor er sich erhob, ins Schlafzimmer ging und die Tür hinter sich schloss.

In diesem Moment beschloss Rachel, niemandem außer Roger von der Diagnose zu erzählen. Denn wenn sie es einem anderen gegenüber laut ausspräche, würde es nur umso realer für sie werden.

* * * * *

Ein Hupen holte Rachel in die Realität auf dem Gemeindeparkplatz zurück. Eine Frau in einem Minivan wartete auf ihren Parkplatz.

Rachel startete den Motor und fuhr rückwärts aus der Parklücke. Wie lange würde es dauern, bis sie nicht mehr selbst fahren konnte? Oder laufen? So vieles war unsicher.

Als sie in ihre Einfahrt einbog, stand Rogers Auto in der Garage. Vermutlich arbeitete er wieder an seinem Roman. Sie würde ihn nicht stören. Er machte sich selbst großen Druck und wollte das

Manuskript unbedingt fertigstellen. Wahrscheinlich versuchte er unbewusst, sich von seinem Wert zu überzeugen und davon, dass er immer noch etwas zustande bringen konnte. Hinzu kam, dass ihm die Diagnose viel mehr zusetzte als ihr.

Rachel öffnete den Kofferraum und nahm den Stern heraus. Er war nicht schwer, also trug sie ihn allein in die Garage.

Eine ganze Weile betrachtete sie ihn, dann steckte sie den Stecker in die Steckdose.

„Was ist das denn?“, fragte Roger von der Haustür aus.

„Ein Stern.“

„Das sehe ich. Aber was macht dieser Stern in unserer Garage?“

„Die Kirche wird renoviert. Wir leisten unseren Beitrag, indem wir die Krippenfiguren beherbergen.“

„Hm.“

Roger sagte immer „Hm“, wenn ihm etwas nicht passte. Im vergangenen Jahr hatte er sich wirklich sehr verändert. Er hatte Jesus sein Leben anvertraut, aber die Kirche mochte er nach wie vor nicht. „Kirchenleute“, nannte er die Gemeinde. Er war noch so neu im Glauben. Würde er genug Kraft daraus schöpfen können, um ihr zur Seite zu stehen?

„Er nimmt uns doch nur Platz weg“, sagte er schließlich. „Ich will ihn hier nicht haben.“

„Aber *ich* möchte ihn gern behalten.“ Rachels Augen füllten sich mit Tränen.

Mit erhobenen Händen wich Roger zurück.

„Okay. Ist ja schon gut.“

Er ging zurück ins Haus, aber Rachel blieb in der Garage. Sie fand einen alten Gartenstuhl und ließ sich neben dem Stern nieder. Sein Licht war viel heller, als sie erwartet hatte. Es erfüllte die Garage mit einem sanften Schein.

Sie schloss die Augen.

Frieden kam über sie.

Die Weisen waren dem Stern gefolgt. Sein Licht hatte sie zu Jesus geführt.

Sie betete, Gott möge auch ihren Weg hell machen.

Jesus war alles, was sie jetzt brauchte. Er verfiel nicht in Diskussionen oder Streit mit ihr. Er ließ sie nicht allein, ging ins Haus und schloss die Tür zu seinem Arbeitszimmer hinter sich … wenn er ein Arbeitszimmer hätte.

Es war so friedlich hier. Es tat gut, an Jesus zu denken und seine Liebe zu spüren.

„Mittagessen!" Roger stand in der Haustür und rief nach ihr. Das war eine Art Friedensangebot. Er kümmerte sich sonst nie um das Mittagessen.

„Ich komme gleich."

Sie wartete noch eine Weile, wollte den Frieden, der von diesem Licht ausging, nicht zurücklassen. Schließlich ging sie in die Küche, holte ihr Mittagessen und nahm es mit in die Garage. Dort setzte sie sich wieder unter den Stern, um in Ruhe zu essen. Keine beunruhigenden Gedanken quälten sie. Sie fühlte sich rundum wohl und genoss die Stille.

Ihr Blick wanderte zum Haus, und sie sah, dass sich der Vorhang bewegte.

Roger! Sollte er doch schauen. Sollte er sich wundern. Sie hatte aufgehört, mit ihm zu diskutieren. Bei einer Diskussion mit Roger zog sie ohnehin immer den Kürzeren. Er war ein Meister der Debatte.

* * * * *

Im College hatten sie sich kennengelernt, schließlich geheiratet und drei Kinder bekommen. Rachel war mit Leib und Seele Mutter, aber die drei Jungen waren jetzt erwachsen und hatten selbst Kinder.

Ihre Söhne hatte Rachel mit in die Gemeinde genommen, aber Roger … Nun, sie hatte sich große Mühe gegeben, aber er war so von seinem Verstand gelenkt gewesen, so rational, dass er mit dem Glauben nichts hatte anfangen können. Er hatte nichts dagegen gehabt, dass sie mit den Kindern zur Kirche ging, aber für ihn war der Sonntag immer ein Arbeitstag gewesen.

Rachel war sehr einsam in ihrem Glauben gewesen, allein in der Kirche mit den Jungen, bei Festen, im Chor.

Wie sehr hatte sie sich gewünscht, dass Roger zum Glauben an Gott finden und den Frieden erleben würde, den sie verspürte, aber er war nicht offen dafür gewesen. Er war so unglaublich sachlich und vernunftorientiert. Er stellte wirklich alles infrage, bis zu dem Punkt, an dem scheinbar nichts „Glaubwürdiges" mehr übrigblieb.

Rachel hatte sich vorgenommen zu warten, bis Roger sie nach ihrem Glauben fragte, und vorher nichts zu sagen. Sein Glaube oder mangelnder Glaube lag in Gottes Händen, nicht in ihren, das war ihr schließlich bewusst geworden.

Und nun hatte er tatsächlich Jesus sein Leben anvertraut, aber würde er auch an daran festhalten können?

„Jesus", betete sie. „Er gehört dir. Nimm du dich seiner an."

* * * * *

Der Nachmittag war wunderschön. Rachel saß in ihrem Gartenstuhl, las ein Buch für ihren Buchclub und trank gelegentlich eine Tasse Tee, die sie sich im Haus zubereitete. Schon bald ging die Sonne unter. Vielleicht würde sie hier draußen übernachten.

Sie erhob sich und trat in den Lichtkreis, den der Stern auf den Boden warf. Sie verließ den Lichtkreis und trat wieder hinein. *Ich kann selbst entscheiden, ob ich im Licht oder in der Dunkelheit leben will.* Trotz ihrer Krankheit wollte sie im Licht leben. Das Licht des Sterns führte sie so sicher, wie es die Weisen geführt hatte. Es führte sie zu Jesus – und zu einem Leben voller Hoffnung.

Roger kam und stellte sich neben sie in den Lichtkreis.

„Es tut mir leid", sagte er und legte den Arm um sie. „Ich weiß nicht, wie ich mit der Diagnose umgehen soll, und ich vermassele es immer und immer wieder."

Rachel blieb still stehen und wartete ab.

„Ich habe gebetet", sagte er.

Rachel sagte kein Wort.

„Ich habe gebetet, als die Gefahr bestand, dass ich meine Stelle verliere. Ich habe gebetet, dass ich sie nicht verliere, aber ich musste sie trotzdem loslassen. Und als du mir gesagt hast, dass du Parkinson hast, habe ich wieder gebetet und versucht zu verstehen, warum ausgerechnet du krank werden musstest."

„Ich weiß es nicht", sagte Rachel, „aber ich weiß, dass Gott bei mir ist und mich führt. Und dass alles gut wird."

„Ich bin auch bei dir", sagte er. „Und ich will glauben, dass am Ende alles zu unserem Besten dienen muss – auch deine Krankheit und der Verlust meiner Arbeitsstelle."

Gemeinsam standen sie im Licht des Sterns. Rachel fühlte sich in Rogers Gegenwart geborgen, und sie war dankbar dafür, dass er neue Schritte im Glauben wagte.

So viele Dinge im Leben geschahen unerwartet und ungewollt. Aber Gott führte sie in allem, auch in schweren Zeiten. Sie hatten sich die Schwierigkeiten nicht ausgesucht, aber sie konnten sich entscheiden, trotz allem im Licht zu bleiben. In *seinem* Licht …

In der Zwischenzeit im Seniorenheim …

Es war Bingo-Abend im Seniorenheim, und die Bewohner liebten diesen besonderen Event.

Julia Orland schob ihre rote Gehhilfe durch den Flur.

Heute Abend war bestimmt wieder ihr Glücksabend. Letzte Woche hatte sie einen Geschenkkorb mit Keksen und Tee gewonnen. Ein anderes Mal war es ein Besuch im Schönheitssalon des Seniorenheims gewesen.

Sie liebte es einfach zu gewinnen.

Plötzlich nahm sie ein Geräusch wahr, und sie wusste sofort, dass Dorothy May hinter ihr herging. Julia schob ihre Gehhilfe ein wenig schneller. Von Natur aus war sie ein Mensch, der die Herausforderung liebte.

Die beiden Frauen veranstalteten ein regelrechtes Wettrennen zum Gemeinschaftsraum.

Dort angekommen, bemerkte Julia, dass irgendetwas anders war. Alle standen vorn und lachten und redeten wild durcheinander.

Sie gesellte sich zu den anderen, um nachzuschauen, was los war. Da stand Eli und hielt etwas in der Hand, das wie eine Babypuppe aussah. Bei näherem Hinsehen erkannte sie, dass es das Jesuskind war.

„Ich habe ihn im Park gefunden", erklärte Eli gerade. „Auf einer Parkbank!"

Julia ärgerte sich, dass das Bingo-Spiel gestört wurde. Warum machten alle so viel Aufsehen um dieses Plastikbaby?

„Was wirst du mit ihm tun?"

„Ich vermute, dass er verloren gegangen ist."

„Vielleicht wurde er aus einer Gemeinde gestohlen", mutmaßte Dorothy May.

„Aber es ist doch noch gar nicht Weihnachten", gab jemand zu bedenken.

Jetzt war auch Julias Interesse geweckt. Sie liebte Rätsel. Neben ihrem Bett lag ein Stapel Kriminalromane, und die meisten hatte sie bereits zweimal gelesen. Sie hätte eigentlich Detektivin und nicht Steuerberaterin werden sollen.

„Tragen wir doch einmal die Fakten zusammen", schlug sie vor. „Was gehört alles zu einer Weihnachtskrippe?"

„Na, vor allem viele Figuren, und die müssen vollständig sein."

„Vielleicht gibt es eine Gemeinde, die ihren Jesus vermisst."

Eine Weihnachtskrippe ohne Jesus war undenkbar. Maria und Josef würden in eine leere Krippe blicken. Die Pointe wäre genommen.

„Ich werde dieses Rätsel lösen", erklärte Julia siegessicher. „Meine Tochter arbeitet bei der Zeitung. Ich rufe sie an und bitte sie, eine Anzeige zu schalten mit der Überschrift: ‚Hat jemand seinen Jesus verloren?'"

„Das klingt wie die Aufschrift auf einem Banner an einem Kirchengebäude", meinte Eli.

„Ob so etwas in der Zeitung abgedruckt wird?“

„In der vergangenen Woche habe ich einen ausführlichen Bericht über einen fünfunddreißig Pfund schweren Kürbis im Bartow County gelesen. Jesus hat doch mindestens genauso viel Aufmerksamkeit in der Presse verdient wie ein Kürbis, oder etwa nicht?!“

„Können wir jetzt endlich Bingo spielen?“

Kapitel 8

Das Kamel

Und der Stern, den sie schon bei seinem Aufgehen beobachtet hatten, ging ihnen voraus. Genau über der Stelle, wo das Kind war, blieb er stehen.
Matthäus 2,9

Jonathan White hatte viel zu tun, viel zu viel zu tun. Er hatte fünfzehn neue Klienten und nicht genug Zeit, um ihre Portfolios genau im Blick zu behalten. Aber er würde sich die Zeit dafür schaffen. Die Firma hatte ihn eingestellt, obwohl er jünger war als die anderen Mitarbeiter, und die Erwartungen an ihn waren hoch. Sein Plan war, sie mit seinen Fähigkeiten zu beeindrucken.

In der nächsten Woche wollte sein Chef bekanntgeben, wer befördert wurde. Jonathan tat alles dafür, dass sein Name auf der Liste stand.

„Ellie", sagte er durch die Gegensprechanlage zu seiner Assistentin.

„Ja, Mr White?"

„Sagen Sie meinen Termin mit Edwards um 14 Uhr ab und den Termin um 16 Uhr verlegen Sie bitte auf 15 Uhr."

Es war nie genügend Zeit.

Seit sechs Monaten arbeitete er nun schon bei *Blanchard & Blanchard*, und auch heute Abend würde er wieder Überstunden machen … wie an jedem Abend in dieser Woche. Die Arbeitsbelastung war hoch, aber er war entschlossen, all seinen Aufgaben gerecht zu werden. Seinem Vorgesetzten würde das gefallen, und seine Ergebniszahlen für dieses Quartal würden durch die Decke schießen.

Seine Assistentin Ellie steckte den Kopf zur Tür herein.

„Ein gewisser Jeremy Higgins ist am Telefon. Er sagt, er sei Ihr Pastor."

Jonathan stieß einen Seufzer aus. „Sagen Sie ihm, dass ich gerade kein Gespräch entgegennehmen kann, und fragen Sie ihn, was er will."

„Gern."

Er wandte sich wieder seinen Akten zu. Die erste hatte er durchgearbeitet, mit einigen Kommentaren versehen und zur Seite gelegt. Vierzehn weitere waren noch zu bearbeiten.

Die meisten würde er mit nach Hause nehmen müssen.

Er fragte sich, was Pastor Higgins wohl von ihm wollte. Seit gut einem Jahr ging Jonathan in seine Gemeinde. In der Firma wurde erwartet, dass er sich sozial engagierte. Das Image war wichtig, und er musste den Maßstäben gerecht werden. Diese Kirche schien eine gute Wahl zu sein. Man brauchte nicht so viel Zeit zu investieren, und niemand drängte einen, sich noch stärker zu engagieren.

Der Pastor wollte ihn vermutlich für ein wichtiges Komitee gewinnen. Vielleicht sollte er Diakon werden. Vielleicht brauchte er aber auch einen Rat in Bezug auf die Finanzen der Gemeinde. Oder er wollte ihn um eine Spende bitten.

Ellie kam zurück. „Pastor Higgins lässt fragen, ob Sie eine der Krippenfiguren aufnehmen können. In der Kirche wird umgebaut, und es fehlt an Lagerflächen."

Jonathan lehnte sich auf seinem Stuhl zurück und kaute an seinem Bleistift.

Er dachte an die Krippe, die zur Weihnachtszeit vor der Kirche aufgebaut wurde. Eine seltsame Gruppe von Hirten und Männern in bunten Kleidern.

Was für eine einfache Bitte. Er wollte sich in der Gemeinde engagieren, seinen Beitrag zum Wohl anderer leisten, aber dafür blieb ihm einfach keine Zeit. Eine Krippenfigur zu beherbergen, war eine gute Alternative. Wenn er es recht bedachte, war es sogar perfekt.

Er brauchte keine Zeit zu investieren, musste nur einen Weisen aufnehmen oder einen Hirten, möglicherweise sogar Josef, der ihm in seiner Junggesellenwohnung Gesellschaft leistete – vermutlich bis Weihnachten. Der ideale Mitbewohner, dachte er schmunzelnd.

„Rufen Sie ihn zurück und sagen Sie ihm, dass ich gerne eine Figur nehme. Aber jemand muss sie zu meinem Apartment bringen. Im Augenblick kann ich unmöglich zur Kirche fahren und sie selbst abholen."

„Gern."

* * * * *

Jonathan mochte Pastor Higgins. Er fragte ihn immer, wie es ihm ging. Das war vielleicht keine große Sache, aber in Jonathans Leben gab es eigentlich niemanden, der so viel Interesse an ihm hatte, dass er sich nach seinem Ergehen erkundigte.

„Wir sollten uns demnächst mal zusammensetzen und uns unterhalten", hatte Pastor Higgins eines Sonntags nach dem Gottesdienst gesagt. „Ich würde Sie gern besser kennenlernen."

„Sobald es auf der Arbeit etwas ruhiger ist, können wir das gern machen."

Aber es wurde nicht ruhiger auf der Arbeit.

Pastor Higgins hatte ja keine Ahnung, wie beschäftigt Jonathan war. Und wie wenig Zeit er für Dinge wie den Glauben hatte.

Jonathan vertiefte sich wieder in die Akten. Sein Versprechen hatte er schon bald vergessen …

Es war bereits Mitternacht, als die Aufzugtüren aufglitten und sein Blick auf das große Plastikkamel vor seiner Wohnungstür fiel. Er erstarrte. Es war wirklich sehr groß und passte so überhaupt nicht in den Flur des modernen Apartmentgebäudes.

Die Aufzugtüren gingen wieder zu, und Jonathan stand noch immer in der Kabine. Er riss sich zusammen und drückte den Knopf. Die Türen öffneten sich. Es war kein Traum gewesen. Das Kamel stand immer noch da.

Während er aus dem Aufzug trat, fragte er sich, was ein Kamel vor seiner Wohnungstür zu suchen hatte. Vielleicht war es für seine Nachbarin Mrs Jennings bestimmt. Sie bestellte immer die unmöglichsten Dinge im Internet. Die Nummerierung der Apartments war etwas gewöhnungsbedürftig, und der Paketbote neigte dazu, die Lieferungen vor der erstbesten Tür abzulegen – seiner Tür. In der vergangenen Woche hatte eine große Lampe, die wie ein Bein geformt war, davorgestanden, und im vergangenen Monat war es ein in Plastikfolie eingewickeltes Skelett gewesen. Ein Finger hatte sich durch die Folie gebohrt.

Doch während Jonathan sich umschaute, dämmerte es ihm. Das Kamel vor seiner Tür musste zu den Krippenfiguren der Kirche gehören! Er hatte mit einer Person gerechnet, mit Josef, Maria oder einem der Weisen, aber natürlich gehörten auch Tiere dazu.

Jonathan schloss die Tür auf und schob das Kamel in seine Wohnung.

Er stellte es direkt neben den Fernseher. Mit dem hochgereckten Kinn und dem roten, mit goldenen Quasten und dunkelblauen Bändern verzierten Überwurf wirkte es sehr stattlich. Seine Augen blickten beinahe arrogant, als sei es für eine wichtige Aufgabe erwählt worden und freue sich darüber.

Jonathan fühlte sich diesem stattlichen Tier irgendwie verbunden. Auch er war für eine wichtige Aufgabe auserwählt worden und freute sich über seine Position innerhalb der Firma.

Er mochte dieses Plastikkamel.

Die stolze Neigung seines Kopfs erinnerte ihn an sich. Er hatte in seinem Leben schon viel erreicht, und er war stolz darauf.

Seine Mutter hatte ihn allein großgezogen. Gelebt hatten sie in einer winzigen Wohnung. Einen Vater hatte es in seinem Leben nicht gegeben. Seine Mutter ging in den wohlhabenden Vierteln der Stadt putzen. Die meisten seiner Kleidungsstücke hatte er von den Familien geschenkt bekommen, für die seine Mutter arbeitete.

In den Sommerferien begleitete er sie zur Arbeit und half ihr beim Reinemachen. Als er alt genug war, übernahm er andere Jobs in den großen Häusern. Am meisten mochte er die Bücherregale.

Manchmal ließ seine Mutter ihn in ein Buch hineinschauen. Er war clever und brachte gute Noten mit nach Hause. Seine Mutter war sehr stolz auf ihn.

Er erinnerte sich, dass sie jeden Morgen an seinem Bett kniete.

„Segne Jonathan, Herr. Lass ihn diesen Tag in deine Hände legen. Sorge du für ihn. Amen."

Sein Weg zum Erfolg hatte mit dem Stipendium der *Riverbend Academy* begonnen. Damals hatte er es nicht verstanden, aber später erzählte man ihm, seine Lehrer hätten sein Potenzial erkannt und seiner Mutter vorgeschlagen, er solle sich doch bewerben.

Seine Mutter betete. Und dann sorgte sie dafür, dass er das Stipendium erhielt.

Wie sie das gemacht hatte, wusste er nicht. Aber das Stipendium ermöglichte ihm den Eintritt in eine Welt, von der er nicht gewusst hatte, dass sie existierte. Eine Welt des Wissens und der Privilegien. Er hatte sich am Rand der Gesellschaft bewegt, zwar gute Leistungen in der Schule erbracht, aber keine soziale Anerkennung erhalten.

Die Armut bei sich zu Hause konnte er mit dem Reichtum seiner Mitschüler nicht in Einklang bringen. Es war, als würde er zwei Leben führen. Das Leben in der Schule erforderte eine harte Schale. Um zu überleben, musste er die Maske der Unverletzlichkeit tragen.

* * * * *

Jonathan warf seine Aktentasche auf den Tisch und legte Anzugjacke und Krawatte ab.

„Also gut, Kamel, Zeit, an die Arbeit zu gehen."

Er nahm ein paar Stücke Pizza, die am Vortag übrig geblieben waren, aus dem Kühlschrank und schenkte sich ein Glas Eistee ein.

Er wollte noch etwas zu dem Kamel sagen, doch dann riss er sich zusammen. Es war albern, mit einer Plastikfigur zu reden. Aber sonst war ja niemand da …

Die Zeit verging wie im Flug, und es war schon nach zwei Uhr morgens, als Jonathan die über den ganzen Tisch verteilten Akten zusammenlegte. Bevor er seinen Laptop zuklappte, schaute er zu dem Kamel hoch.

Kamele waren keine ungezogenen, widerspenstigen Tiere, sondern edle, freundliche Diener mit einigen kleinen Persönlichkeitsfehlern, das hatte er einmal in einem Artikel gelesen.

Die Lasten, die sie tragen konnten, waren enorm.

„Willkommen im Club", sagte er zu dem Kamel.

Jeden Abend knieten Kamele nach einem langen Weg vor ihren Besitzern nieder und ließen sich von ihnen die schweren Lasten abnehmen. Auch das hatte in dem Artikel gestanden.

Jonathan streckte sich. Er wünschte, auch ihm würde jemand seine Last abnehmen. Mit jedem Monat, der verging, wurde sie schwerer.

Sicher, das war zum Teil seine eigene Schuld. Immerzu übernahm er neue Aufgaben und Klienten, weil er seinen Chef beeindrucken wollte. „Lassen Sie es in den ersten Monaten ruhig angehen", hatte dieser ihm an seinem ersten Arbeitstag geraten. „Sie müssen erst ein Gefühl dafür bekommen, wie Sie die Dinge anpacken müssen."

Doch stattdessen hatte Jonathan sich in die Arbeit gestürzt. Weil er sich selbst beweisen wollte, wozu er fähig war.

Erst vor Kurzem hatte sein Chef zu ihm gesagt: „Passen Sie besser auf sich auf, Jonathan." Aber irgendwie konnte er sich nicht zurücknehmen. Er hatte einmal gelesen, ob man Alkoholiker sei, könne man herausfinden, indem man ausprobierte, ob man vom Alkohol lassen konnte. Falls das auch ein Test für einen Workaholic war, dann würde er durchfallen. Er war definitiv süchtig nach Arbeit.

* * * * *

Vielleicht sollte er dem Kamel einen Namen geben. Denn schließlich würde es ihm eine Weile Gesellschaft leisten, und „Herr Kamel" erschien ihm nicht so ganz richtig.

Champion. Lawrence von Arabien. Clyde.

Nein. Es brauchte einen königlicheren Namen, wie zum Beispiel …

Er gab „Könige von Persien" bei Google ein und stieß auf den perfekten Namen. Kyros. Ja, Kyros passte zu ihm.

Kyros, das königliche Kamel mit den steifen Knien. Es war schwierig gewesen, es durch die Tür und ins Wohnzimmer zu schaffen. Er fragte sich, wie man es überhaupt in den Aufzug bekommen hatte.

„Also gut, Kyros", sagte Jonathan. Er berührte das Gesicht des Kamels und lächelte. Er hatte tatsächlich einmal länger als eine Viertelstunde nicht an die Arbeit und die Liste der Dinge gedacht, die er vor dem Zubettgehen noch hatte erledigen wollen.

Als er im Bett lag, dachte er noch einmal darüber nach, welch große Lasten Kamele tragen konnten. Er erinnerte sich, wie „sein" Kamel auf dem Rasen vor der Gemeinde gestanden hatte. Es war mit den drei Weisen nach Bethlehem gekommen, um den neugeborenen König zu begrüßen. Und mit diesem Gedanken schlief er ein.

In seinem Traum ritt er auf Kyros und fühlte sich unglaublich frei. Er war gekleidet wie einer der Weisen, mit einem fließenden Gewand und einem Turban auf dem Kopf. Er saß hoch oben auf seinem Kamel und ritt durch die Wüste. Der Wind blies ihm sanft ins Gesicht, und das Kamel lief gleichmäßig und trug ihn sicher auf seinem Rücken. Es war einer dieser Träume, in dem einem die Situation vollkommen real und vertraut vorkommt.

Als er am nächsten Morgen aufwachte, war er ein wenig frustriert. Denn das Gefühl von Freiheit, das er im Traum gehabt hatte, war verschwunden. Doch wie sollte es auch anders sein? Schließlich war es nur ein Traum gewesen.

* * * * *

Während Jonathan Müsli und ein paar Löffel Joghurt in eine Schale gab, wanderte sein Blick zu dem Kamel hinüber. Plötzlich tauchte eine Begebenheit aus seiner Kindheit vor seinem inneren Auge auf.

Er war tatsächlich schon einmal auf einem Kamel geritten!

Seine Mutter hatte Geld gespart, um mit ihm in den Zoo zu gehen. Es war nur ein kleiner Zoo, ein ziemlich erbärmlicher noch dazu. Die Tiere waren alt und die Käfige sehr klein. Das alte Kamel sah er noch ganz deutlich vor sich.

Seine Mutter zahlte fünf Dollar, damit er einmal auf ihm reiten durfte. Der Tierpfleger führte das Kamel aus seinem Gehege hinaus. Das Tier war wirklich riesengroß. Jonathans Mutter hob ihn hoch, damit er die weiche Nase des Tieres streicheln konnte. Trotz seines Alters war es eine stattliche Erscheinung. Seine Augen waren von einem sanften Braun, und irgendwie sah man ihm an, dass es in Gefangenheit lebte.

„Wie komme ich denn auf seinen Rücken?“, fragte Jonathan.

Seine Mutter lachte vorahnungsvoll.

Dann klopfte der Tierpfleger dem Kamel aufs Hinterteil, und es begann, sich ganz langsam und umständlich hinzuknien. Zuerst beugte es unter großen Mühen die Knie der Vorderbeine, dann knickten die Knie seiner Hinterläufe ein. Und schließlich kniete das Kamel vollständig, und ein Tierpfleger half Jonathan, auf den Rücken des Tieres zu klettern, und zeigte ihm, wo er sich festhalten musste.

Irgendwo hatte er noch ein Foto von diesem Tag. Seine Mutter stand lächelnd neben ihm und dem knienden Kamel. Wie jung und unbeschwert er damals gewesen war …

* * * * *

Wenn Jonathan eines von seiner Mutter gelernt hatte, dann hart zu arbeiten. Sie hatte ihn jeden Morgen zum Bus gebracht und war anschließend selbst in einen gestiegen, um zu den verschiedenen Häusern zu fahren, in denen sie putzte. Abends bügelte sie riesige Haufen von Hemden und Kleidern der Leute, für die sie arbeitete.

„Ich tue das für dich“, sagte sie zu ihm. „Und deshalb tue ich es gern.“

Und seine Mutter betete.

Damals hatte er das alles nicht gesehen. Er wollte eine gute Schule besuchen und die gleiche Kleidung tragen wie seine Klassenkameraden. Er verstand nicht, warum er keinen Vater hatte. Erst als er älter wurde und seine Mutter bereits gestorben war, ging ihm auf, dass sie alles zurückgestellt hatte, um für ihren Sohn da zu sein …

In diesem Moment ergoss sich eine regelrechte Flut von Emotionen über ihn. Seine Mutter hatte ihn getragen. Sie hatte seine Lasten und Sorgen auf sich genommen. Sie hatte seine Bedürfnisse und Wünsche über ihre eigenen gestellt. Und sie hatte nie an sich selbst gedacht.

An dem Tag, an dem er seine Zulassung zum College erhielt, hatte er sie verloren. Er war nach Hause gerannt, um ihr die gute Nachricht zu überbringen. Den Zulassungsbrief und die Mitteilung, dass er ein Stipendium bekommen hatte, hielt er fest umklammert. Doch als er die Wohnung betrat, war seine Mutter nicht da.

Sie verspätete sich nie, und an diesem Abend kam sie überhaupt nicht mehr nach Hause. Was sollte er tun? Er wusste, wo sie arbeitete, und fing an, bei den Familien anzurufen.

„Mrs Holmes?“

„Ja?“

„Hier spricht Jonathan White.“

„Ja, Sharlenes Sohn.“

„Genau. Ich bin auf der Suche nach meiner Mutter.“

„Nun, sie ist heute nicht zur Arbeit erschienen. Hat uns hängen lassen, würde ich sagen. Wir müssen uns auf unsere Putzfrau verlassen können –“

Jonathan legte einfach auf, denn für Mrs Holmes’ Gejammer hatte er gerade beim besten Willen keine Zeit.

Wo steckte sie nur?

Er rief im städtischen Krankenhaus an, und die Schwester bat ihn, sich gleich auf den Weg zu machen. In diesem Augenblick ging ihm auf, dass etwas Schlimmes geschehen sein musste.

Mit dem Bus fuhr er in die Stadt, eilte ins Krankenhaus und fragte nach seiner Mutter.

„Es tut mir leid“, erklärte der Arzt, „Ihre Mutter hatte einen schweren Herzinfarkt. Sie ist heute Nachmittag gestorben.“

Er stand allein im Flur des Krankenhauses.

„Soll ich jemanden für Sie anrufen?“

„Nein.“

* * * * *

In den Wochen und Monaten nach ihrem Tod tat Jonathan alles dafür, um den Schmerz zu verdrängen. Er beschloss, sich voll und ganz auf seine Karriere zu konzentrieren, brachte die Schule zu Ende und ging abends im Supermarkt Regale einräumen, um sich etwas dazuzuverdienen. Das College finanzierte er mithilfe seines Stipendiums und eines Teilzeitjobs.

Jetzt, in seinem ersten richtigen Job, legte er die gleiche Arbeitsmoral an den Tag: Er musste alles geben und etwas leisten!

„Kyros“, sagte er, „ich bin müde.“ Diese Worte kamen zum ersten Mal über seine Lippen.

Mitfühlend schauten die braunen Augen ihn an. Er schob die Müslischale beiseite und setzte sich auf das Sofa.

„Mutter“, sagte er. Dieses Wort hatte er schon seit Jahren nicht mehr ausgesprochen.

Was sollte er sagen?

„Es tut mir leid.“

Und dann kamen ihm die Tränen. Aus Schmerz über ihre Aufopferung und über alles andere, was er früher nicht wertgeschätzt hatte.

Kyros regte sich nicht und wandte den Blick nicht von ihm ab. Jonathan dachte daran, dass das Kamel einen der Weisen auf dem Rücken getragen und zu Jesus gebracht hatte.

Seine Mutter hatte ihn ebenfalls getragen. Sie hatte ihn in ein besseres Leben getragen und vielleicht … vielleicht bewegte er sich auch auf den Glauben zu.

* * * * *

Jonathans Blick wanderte zu seiner Aktentasche und er dachte an all die Arbeit, die auf ihn wartete. Doch was bedeutete das schon?

Entschlossen nahm er das Telefon zur Hand und rief im Büro an. Er würde heute nicht hinfahren.

Dann wählte er eine weitere Nummer.

„Pastor Higgins?"

„Ja?"

„Hätten Sie Zeit für ein Gespräch?"

„Ich bin da."

Jonathan vereinbarte einen Termin mit dem Pastor und legte das Telefon aus der Hand. Er fühlte sich besser, weil er wusste, dass er einen wichtigen Schritt in seinem Leben getan hatte.

Zögernd erhob er sich vom Sofa, dann beugte er die Knie, bis sie den Boden berührten. Er kniete nieder, und erneut kamen ihm die Tränen, als er daran dachte, wie seine Mutter vor so vielen Jahren immer an seinem Bett gekniet hatte. Er wiederholte ihr Gebet und spürte, wie die Last von seinem Herzen genommen wurde.

„Segne mich, Herr. Lass mich diesen Tag in deine Hände legen. Sorge du für mich. Amen."

* * * * *

In der Zwischenzeit im Seniorenheim …

„Wir sind wegen Jesus hier."

Margo stand neben ihrem Fotografen.

Sie hatte Berichterstattungen wie diese so satt. Die anderen

Reporter bekamen immer die guten Geschichten, und für sie blieb nur der Ausschuss übrig. Erst letzte Woche hatte sie wegen eines Artikels über einen Kürbis ins Bartow County fahren müssen. Das hatte sie einen ganzen Tag gekostet. In der Woche davor war es um eine entlaufene Kuh gegangen. Man hatte sie gezwungen zu schreiben, dass es eine bewegende Wiedervereinigung von Bauer und Kuh gegeben habe. Wie peinlich!

Auf der Journalistenschule hatte sie sich eine ganz andere Karriere erträumt. Aufregende Reisen durch die Welt. Interessante, lebensverändernde Geschichten.

Margo folgte der Frau am Empfang des Seniorenheims in den Speisesaal, wo die Bewohner beim Mittagessen saßen – Herrentoast mit Salat.

Das Jesuskind lag auf einem Stuhl an einem Tisch mit lauter Frauen. Eine von ihnen war ihre Mutter.

„Margo!" Julia strahlte ihre Tochter an.

Wie immer, wenn sie ihre Mutter besuchte, plagten Margo Gewissensbisse.

„Hallo, Mama." Bei ihrem Job fiel es ihr schwer, sich Zeit für einen Besuch im Seniorenheim zu nehmen. Außerdem hatte sie gerade erst geheiratet. Eigentlich hatte sie nie genügend Zeit für das, was sie zu tun hatte.

Nachdenklich klappte sie ihren Laptop auf und begann den von ihr erwarteten Artikel zu tippen.

Der Fotograf schoss seine Fotos.

„Könnten Sie ihn mal halten?", fragte er Julia.

Ihre Mutter nahm das Jesuskind in die Arme. „Dabei fällt mir ein", sagte sie zu Margo, „genauso habe ich *dich* damals gehalten."

Margo blickte von ihrem Laptop hoch zu Julia, die Jesus im Arm hielt und dabei vollkommen gelöst und zufrieden wirkte.

Ihr Blick wanderte zum Jesuskind, und sie spürte, wie sie tiefer Frieden erfüllte. Sie konnte es sich selbst nicht erklären, aber der Anblick dieser Plastikfigur veränderte etwas in ihr. Es war, als würde sich mit dem Blick auf das Jesuskind auch ihr Blick auf ihr Leben verändern. Warum hatte sie zugelassen, dass alles so kompliziert geworden war? Warum konnten die Dinge nicht so einfach sein?

Sie hielt die Augen weiterhin auf Jesus gerichtet. Aber vielleicht war das ja doch möglich.

„Dan“, sagte sie, als er seine Fotos im Kasten hatte, „fahr schon mal zurück. Ich möchte noch eine Weile bei meiner Mutter bleiben.“

Und sie setzte sich zu ihrer Mutter und Jesus.

Kapitel 9

Melchior

Als sie das sahen, kannte ihre Freude keine Grenzen.
Matthäus 2,10

Der Brief war in der Nachmittagspost, die Joy und Grace auf dem Rückweg von der Gemeinde aus dem Briefkasten holten.

Sie hatten mit Pastor Higgins die Musik für den Sonntag besprochen. Die Lindall-Schwestern sangen jeden Sonntag im Gottesdienst. *The Four Jubilees,* unter diesem Namen traten sie auf. Das gemeinsame Singen war ihre größte Freude. Die ältesten Schwestern Joy und Grace managten ihre Auftritte und wählten die Lieder aus.

„Eine gute Wahl", sagte Pastor Higgins, als Joy „Amazing Grace" vorschlug. Es sollte während der Kollekte gesungen werden.

Die beiden Schwestern strahlten.

„Es gibt doch nichts Schöneres, als die Gnade unseres Herrn zu besingen", bemerkte der Pastor und lächelte.

Kurz darauf entdeckten die Schwestern die Krippenfiguren vor der Kirche, und sofort reklamierten sie Melchior für sich.

„Es ist bestimmt schön, einen Mann im Haus zu haben", sagte Joy, und Grace lachte.

Grace trug den Weisen zu ihrem Auto, und auf dem Weg dorthin plauderten sie aufgeregt über ihren neuen Freund.

„Er ist einfach hinreißend", meinte Grace.

„Das finde ich auch", erwiderte Joy. „Und unsere Schwestern werden staunen."

Auf der Ladefläche des alten Pick-ups ihres Vaters transportierten sie ihn nach Hause. Ihr Vater war vor mehr als zehn Jahren gestorben, aber seinen Wagen hatten sie behalten. Von Zeit zu Zeit überlegten die Schwestern ihn zu verkaufen, aber sie mochten keine Veränderung, darum blieb der Pick-up in der Familie.

Beim Briefkasten hielten sie an, und Joy holte die Briefe und Rechnungen heraus.

„Wir werden ihn ins Esszimmer stellen", sagte Grace gerade.

Joy schaute die Post durch. Als sie den handgeschriebenen Brief entdeckte, schnappte sie nach Luft.

„Was ist los?", fragte Grace.

Joy antwortete nicht. Wortlos hielt sie Grace den Umschlag hin. Grace warf nur einen Blick auf die Handschrift und erstarrte.

„Er ist von … von …" Sie konnte sich nicht überwinden, den Namen auszusprechen.

„Donny!", beendete Joy den Satz für sie. „Es ist dreißig Jahre her, aber diese Handschrift würde ich immer wiedererkennen."

„Hope und Patty werden außer sich sein", meinte Grace.

„Ja, ganz bestimmt."

Joy, deren Mund nur selten still stand, brachte kein Wort über die Lippen.

„Sollen wir ihnen den Brief überhaupt zeigen?", fragte Grace.

Joy musterte den Umschlag. Die Namen von allen vier Schwestern standen darauf.

„Das müssen wir. Es gibt ein Postgesetz, und man kann nicht einfach einen Brief wegwerfen, der an einen anderen adressiert ist."

* * * * *

Den Brief wegzuwerfen war genau das, was Joy im Sinn hatte. Sie malte sich aus, wie sie vor dem Mülleimer stand, den Brief zerriss und dann die kleinen Teile in noch kleinere Fetzen riss. So sehr verabscheute sie den Verfasser des Briefes – Donny.

Streitigkeiten innerhalb der Familie waren für sie das schlimmste, was es gab. Ihre Schwestern empfanden vielleicht anders, aber Joy hatte Donny nicht verziehen, dass er ihnen so viel Schmerz zugefügt hatte, vor allem ihrem Vater.

Donny war das jüngste Kind in der Familie. Als er zur Welt gekommen war, hatten seine Schwestern bereits seit mehreren Jahren als Lindall-Schwestern zusammen gesungen. Er war ein Nachzügler. Ihr Vater hatte sich immer einen Sohn gewünscht und war überglücklich, als Donny geboren wurde.

Sie alle waren musikalisch, und natürlich konnte auch Donny gut singen. Ihr Vater schrieb ein Lied nur für ihn – ein Lied, das die Mädchen eifersüchtig machte.

Jeder Vater, do la la
Braucht einen Sohn, do la la
Wenn der Tag zu Ende geht.
Seite an Seite
Vater und Sohn
Seite an Seite
Wenn der Tag zu Ende geht.
Jeder Vater, do la la
Braucht einen Sohn, do la la
Für den er dankbar ist,
Wenn der Tag zu Ende geht.

Ihr Vater sang dieses Lied besonders gern, und die Schwestern mussten das *Do la la* im Hintergrund singen.

In jener Zeit wurde Joy, die bis dahin ein echtes Papakind gewesen war, auf den letzten Platz verwiesen. Zumindest hatte sie den Eindruck, dass sie nicht einfach nur auf den „zweiten Platz" rutschte, sondern auf den letzten. Es war, als besäße ihr Vater nicht genügend Liebe für alle seine Kinder und hätte Angst, die Mädchen würden seine Liebe zu Donny aufsaugen.

Ihr Name Joy, Freude, der früher so gut ihre Persönlichkeit beschrieben hatte, schien jetzt nicht mehr zu passen. In Donnys Nähe empfand sie keinerlei Freude, sondern nur noch Neid und das Gefühl, nicht mehr gesehen und geliebt zu werden. Ihr Leben veränderte sich grundlegend, und die Freude wich immer mehr daraus.

Donny war der Augapfel ihres Vaters und konnte in seinen Augen nichts falsch machen. Doch als ihr Bruder älter wurde, begannen die Auseinandersetzungen. Ihr Vater hatte Pläne für die Karriere seines Sohnes und erwartete von Donny, dass er sich fügte. Donny jedoch wollte sein Glück als Countrysänger in Nashville versuchen.

Und von da ging es nur noch bergab …

* * * * *

Der Brief hatte all das wieder aufgewühlt.

„Wenn es dieses Gesetz gibt, dann müssen wir uns wohl daran halten", sagte Grace.

Sie und Joy waren die ältesten Schwestern, und sie hatten gelernt, die Regeln zu befolgen. Sie waren schon als Kinder gehorsam gewesen, und daran würde sich auch jetzt nichts ändern.

„Sollen wir ihn aufmachen und zumindest mal sehen, was er schreibt?", fragte Grace.

„Ganz gewiss nicht", erwiderte Joy.

Sie steckte den Brief in die Tasche. Ihn zu öffnen wäre, als würde eine alte Wunde wieder aufgerissen. Der Schmerz würde wieder zurückkommen.

„In Ordnung", stimmte Grace zu, aber in sich verspürte sie eine drängende Neugier, und voller Sehnsucht dachte sie an den Brief. Der Weise war vollkommen vergessen.

„Kein Wort mehr darüber."

„Wir sind zu Hause", rief Joy, als sie das kleine Haus betraten.

„In der Küche", rief ihre Schwester Patience, die alle nur Patty nannten.

Grace stellte Melchior neben dem Küchentisch ab.

„Wer ist das?", fragte Hope, während sie die Lasagneplatten in die Auflaufform schichtete und etwas von ihrer selbst gemachten Tomatensoße darauf gab.

„Melchior“, erklärte Joy, die alle Freude an ihrem neuen Hausgenossen verloren hatte.

„Die Gemeinde wird renoviert, und die Krippenfiguren brauchen bis Weihnachten ein neues Zuhause“, fügte Grace hinzu.

„Also ehrlich!“, protestierte Hope und musterte die königliche Erscheinung. „Er schaut mich direkt an. Ich kann nicht kochen, wenn er mich so anstarrt.“

„Er starrt dich nicht an“, widersprach Joy.

„Schau doch mal genau hin. Er starrt mich an.“

„Er ist doch nicht einmal echt. Er ist aus Plastik“, erwiderte Grace.

Der Mann aus Plastik, dessen Hände wie in einer Geste der Anbetung ausgestreckt waren, rührte sich nicht.

„Aber er lenkt mich ab. Können wir ihn nicht mit einem Tuch abdecken?“

„Auf keinen Fall! Du kannst den Weisen nicht einfach abdecken.“

Hope hielt einen Augenblick inne, dann platzte sie heraus: „Er erinnert mich an Donny.“

Joy und Grace blickten sich an. Der Brief lag schwer in Joys Tasche.

Schnell ging Joy ins Esszimmer und nahm ein Tischtuch aus dem Sideboard.

„Wir sprechen nicht über Donny“, sagte sie, während sie das Tuch über Melchior warf.

„Aber Joy –“, begann Grace, brach aber sofort ab, als sie die eiserne Entschlossenheit in Joys Gesicht sah.

Der Weise war verhüllt wie eine Mumie. Anwesend im Raum, aber nicht anerkannt. Genau wie Donny.

„Irgendwelche Post für uns?“, fragte Patty.

Joy und Grace schwiegen erneut.

Patty und Hope blickten sie an.

„Was ist?“, fragte Joy.

„Ich habe gefragt, ob wir Post bekommen haben“, wiederholte Hope.

Sie und Patty hielten in ihren Tätigkeiten inne und schauten die beiden älteren Schwestern entschlossen an, die sich auffallend verdächtig verhielten.

„Joy?“ Grace blickte sie nun ebenfalls an, sodass Joy nachgab.

„Also gut. Ja, da ist ein Brief gekommen, der an uns alle adressiert ist.“

„Dann zeig mal her“, forderte Patty.

„Er ist nicht wichtig“, erwiderte Joy in dem Versuch, das Interesse ihrer Schwestern zu dämpfen, aber es war zu spät. Hope und Patty wollten nun unbedingt ihre Post sehen.

„Wenn er nicht wichtig ist“, wandte Patty ein, „dann kannst du ihn mir ja geben.“

„Ja, gib ihn her“, sagte Hope und streckte die Hand aus.

Joy holte den Brief aus ihrer Tasche.

Wieder stand es zwei gegen zwei, wie so oft in ihren Auseinandersetzungen. Zwischen Joy und Grace lag ein Altersunterschied von nur einem Jahr, und sie standen sich sehr nahe. Nach Graces Geburt waren fünf Jahre vergangen, bis zuerst Hope und ein Jahr später Patty geboren worden waren, die sich ebenfalls sehr nahestanden. Und erst sehr viel später war Donny zur Welt gekommen und hatte alles aus dem Gleichgewicht gebracht.

Widerstrebend reichte Joy ihrer Schwester den Brief. Denn so schrieb es das Postgesetz vor.

Hope schnappte sich den Brief und las die Adresse. Patty schaute ihr dabei über die Schulter. Und beide schrien gleichzeitig auf: „Von Donny!“

* * * * *

Donny! Seinen Namen zu hören, machte Joy zornig. Sie erinnerte sich noch sehr gut an die Zeit, als es bei ihnen zu Hause nur Streit und Zwietracht gegeben hatte, und alles nur wegen Donny.

„Ich möchte Karriere als Sänger machen“, hatte Donny gesagt.

„Du singst mit deiner Familie“, hatte ihr Vater geschrien. „Reicht dir das denn nicht?“

„Ihr seid Hobbysänger“, schrie Donny zurück, „zweite Liga.“

Joy und ihre Schwestern hockten hinter der Schlafzimmertür

und hörten die schlimmen Worte, die Donny zu ihrem Vater sagte. Und vielleicht stimmte es ja. Sie traten vorwiegend in Kirchen auf und hatten einmal an einer Talentshow teilgenommen. Aber es tat weh, diese Worte zu hören.

„Dann geh doch! Verschwinde hier, wenn du denkst, dass du etwas Besseres bist als wir."

Und dann kam jener schicksalhafte Abend, an dem Donny nur mit seiner Gitarre in der Hand das Haus verließ.

„Wie kann er nur!", schrie ihr Vater.

Nie hatten sie ihn so zornig erlebt. Er hatte im Leben nicht viel erreicht, und er hatte alle seine Hoffnungen auf Donny gesetzt. Donny sollte das schaffen, was er nicht erreicht hatte. Ihr Vater konnte einfach nicht akzeptieren, dass Donny eigene Wege ging.

Er rief die Familie zusammen und machte eine Ankündigung. „Der Name eures Bruders wird in diesem Haus nicht mehr ausgesprochen. Nie mehr."

Niemand wandte sich gegen ihn, und so wurde nicht mehr über Donny gesprochen, nicht einmal, wenn die Schwestern unter sich waren.

Joy war nicht besonders unglücklich über Donnys Weggang. Sie hoffte, sie würde nun wieder den ersten Platz im Herzen ihres Vaters einnehmen, aber das war nicht der Fall. Ihr Vater wurde ein verbitterter und zorniger Mann.

Insgeheim verfolgten die Schwestern Donnys Karriere. Er hatte tatsächlich Erfolg in Nashville. Sein Hit „Mamas Boy" schaffte es in die Top-Ten der Country-Charts. Und einmal nahm er an einer Talentshow im Fernsehen teil. Die vier Schwestern übernachteten bei einer Freundin, um die Sendung sehen zu können.

Obwohl er die Finalrunde nicht erreichte, jubelten sie ihm vorm Fernseher zu und weinten, als sie ihn singen hörten.

Doch zu Hause durfte weiterhin niemand mehr von ihm sprechen.

Dreißig Jahre hatte Funkstille zwischen ihnen und Donny geherrscht, und jetzt dieser Brief!

Die Frauen starrten auf den Umschlag, bis Hope ihn schließlich aufriss. Ihre Hände zitterten so stark, dass sie große Mühe hatte, das Blatt aus dem Umschlag zu ziehen.

Patty tänzelte aufgeregt um sie herum und rief ungeduldig: „Lies ihn vor. Lies ihn vor."

Insgeheim freute sich Grace, dass der Brief laut vorgelesen werden sollte. Sie teilte Joys negative Gefühle in Bezug auf Donny nicht. Jahrelang hatte sie sich in ihrer Einstellung zu Donny ihrer älteren Schwester untergeordnet. Doch in den letzten Jahren war sie weicher geworden und hatte sogar eine gewisse Neugier entwickelt, was aus ihrem Bruder geworden war, der einen Hit in den Country-Charts gelandet hatte und dann von der Bildfläche verschwunden war.

„Ich bin so aufgeregt", gestand Hope.

Sie hielt den Brief wie ein wichtiges offizielles Dokument in die Höhe und räusperte sich:

Liebe Schwestern,

es ist lange her. Mehr als dreißig Jahre sind nun schon vergangen. Ich hoffe, dieser Brief erreicht Euch bei guter Gesundheit. In diesem Jahr bin ich fünfzig geworden, und das hat mich dazu veranlasst, über meine Kindheit nachzudenken.

Demnächst gebe ich ein Konzert in Star City, und ich möchte Euch gern dorthin einladen. An der Kasse werde ich vier Backstage-Pässe für Euch hinterlegen.

Patty schnappte nach Luft. Star City war nur eine Dreiviertelstunde entfernt.

Ich würde Euch gern wiedersehen, Schwestern, aber ich habe Verständnis, wenn Ihr mich nicht treffen wollt. Wenn Ihr kein Interesse an einem Wiedersehen habt, dann werft diesen Brief einfach weg, und ich werde es Euch nicht übel nehmen.

In Liebe, Euer Bruder Donny

Die Schwestern schwiegen. Jede hing ihren Erinnerungen an Donny nach.

„Ich würde Donny gern treffen“, verkündete Patty schließlich. „Er hat mich immer zum Lachen gebracht.“

Die jüngeren Schwestern hatten schon immer viel positivere Gefühle Donny gegenüber gehabt.

Joy atmete tief durch. „Donny war unberechenbar und ist es vermutlich immer noch. Ich denke, wir sollten keine schlafenden Hunde wecken.“ Die Unversöhnlichkeit lag wie ein Stein in ihrem Herzen.

„Ich würde Donny auch gern wiedersehen“, sagte Hope.

„Dann steht es jetzt zwei zu eins“, erklärte Patty.

Alle blickten Grace an. Sie würde Donny auch gern wiedersehen, aber es fiel ihr schwer, sich auf die Seite ihrer jüngeren Schwestern zu schlagen.

Bei dem Brief lag ein Werbeflyer für das Konzert.

„Das ist ja schon in zwei Tagen!“, rief Patty.

Grace schlug sich die Hand vor den Mund. Sie hatte gehofft, sie hätte ein wenig mehr Zeit, um darüber nachzudenken.

Niemand sagte ein Wort. Alle vier Schwestern hingen ihren eigenen Gedanken nach.

Sie lebten schon so lange zusammen, dass sie oft wie ein und dieselbe Person dachten und handelten. Als junge Erwachsene hatten sie geheiratet und waren weggezogen, jede in eine andere Stadt. Als sie älter geworden waren und nacheinander ihre Ehemänner verloren hatten, waren sie in das alte Farmhaus zurückgekommen, in dem sie aufgewachsen waren. Und sie hatten wieder angefangen, miteinander zu singen, als hätten sie nie damit aufgehört.

„Ich fahre auf jeden Fall“, verkündete Hope entschlossen.

„Ich auch“, stimmte Patty ihr zu.

Die vier Lindall-Schwestern standen in der Küche. Joy auf der einen Seite, die jüngeren Schwestern auf der anderen, und Grace in der Mitte.

„Ich … ich denke, wir sollten hinfahren“, sagte Grace schließlich.

„Ich weiß nicht", meinte Joy. „Ich weiß es einfach nicht." In Tränen aufgelöst stürmte sie aus der Küche.

„Und schon bereitet er uns wieder Kummer", sagte Grace.

Hope und Patty schwiegen.

Aufgewühlt zog sich Grace in ihr Zimmer zurück. Ihre Gedanken wirbelten durcheinander.

* * * * *

Später am Abend schlich Joy ins Esszimmer und zog das Tischtuch von Melchior herunter. Sie brauchte jemanden, der ihr einfach nur zuhörte.

„Was sollen wir tun?", fragte sie den Mann aus Plastik.

Keine Antwort. Sie blickte auf seine ausgestreckten Hände. Er wirkte so offen, so gebefreudig.

Der Schmerz vergangener Tage hatte sich wieder in ihr Haus geschlichen. Was, wenn sie erfahren mussten, dass Donnys Leben nicht gut verlaufen war? Das wäre schmerzlich. Und wenn Donny nun ein tolles Leben führte? Auch das wäre schmerzlich.

Wie eine große Wolke schwebte das Wort „Vergebung" über ihr.

„Ich muss meine Freude wiederfinden", sagte sie, aber der Plastikmann blieb stumm. Er konnte ihr nicht weiterhelfen.

Grace kam ins Zimmer und setzte sich auf die andere Seite des Weisen.

„Er ist unser Bruder, Joy."

„Ja, aber er hat Papa so sehr verletzt."

„Papa war ihm gegenüber zu hart."

„Denkst du, dass die Weisen auch gestritten haben?"

„Du meinst, so etwas wie: ‚Ich habe die Kamele gestern gefüttert, heute bist du dran'?"

Joy lachte. „Wir haben auch schon oft gestritten, nicht?"

„Aber wir sind immer zusammengeblieben und haben uns gegenseitig unterstützt."

„Ich könnte mir vorstellen, dass die Weisen auf dem Weg zur

Krippe einige Male gestritten haben. Aber sie hatten eine Aufgabe und ein Ziel vor Augen. Sie wollten Jesus finden."

„Ich frage mich, ob Donny wohl an Gott glaubt?"

„Vielleicht hat er eine Familie."

„Vielleicht braucht er uns."

Melchior sagte kein Wort. Mit geöffneten Händen betete er Jesus an. Der weite Weg und die Entbehrungen auf der Reise hatten sich für ihn gelohnt. Auf seinem Gesicht lag ein Ausdruck puren Glücks.

Das Leben der Schwestern war ebenfalls eine schwierige Reise gewesen. Sie hatten es nicht einfach gehabt. Sie waren aufgewachsen in einem Zuhause, in dem Zorn und Unversöhnlichkeit herrschten. Sie hatten Ehemänner gefunden und nacheinander wieder verloren.

Aber sie hatten immer sich gehabt. Wie die drei Weisen, die sich gemeinsam auf die Reise gemacht hatten, waren auch sie auf ihrer großen Reise nie allein gewesen.

„Grace?" Joy blickte ihre Schwester in die Augen.

„Ja?"

„Ich bin froh, dass wir einander haben."

„Ich auch."

„Und wir haben unsere beiden Schwestern."

„Ja."

Joy dachte einen Augenblick nach.

„Und wir haben Gott."

„Ja, das stimmt."

„Und jetzt sind wir aufgefordert, unserem Bruder zu vergeben. Das ist die nächste Etappe unserer Reise."

Joy lächelte und erhob sich. „In Ordnung, aber am Sonntag zum Gottesdienst müssen wir wieder da sein."

„Hope! Patty!" Grace rief die jüngeren Schwestern zusammen, und kurz darauf saßen sie alle im Esszimmer. Melchior war auch dabei.

„Wir fahren."

Alle schnappten nach Luft.

„Wir müssen aber zum Gottesdienst wieder da sein", mahnte Joy.

„Das schaffen wir. Star City ist doch nur eine Dreiviertelstunde entfernt“, erklärte Grace.

„Ich fahre“, bot Patty an.

„Und ich packe ein paar Sachen für ein Lunchpaket zusammen“, fügte Hope hinzu.

Alle lachten.

„Wir“, sagte Joy langsam und vorsichtig, „werden unseren Bruder treffen.“

* * * * *

Zwei Tage später machten sich die Schwestern auf den Weg nach Star City. Sie waren aufgeregt, verspürten aber auch ein wenig Sorge. Würden sie ihn überhaupt erkennen? Ob er sich wohl verändert hatte?

Ohne Zwischenfall erreichten sie Star City. Als die Lichter im Saal gelöscht wurden und ein Mann mit einer Gitarre auf die Bühne kam, stieg ihre Nervosität ins Unermessliche.

Die Menge jubelte.

„Ist er das?“, fragten sich die Schwestern.

Das Licht ging wieder an, der Mann hob seine Gitarre und begann zu spielen.

„Er ist es.“

„Donny.“

Jeder Vater, do la la
Braucht einen Sohn, do la la
Für den er dankbar ist
Wenn der Tag zu Ende geht.

Ja, es war Donny, und er sang das Lied ihres Vaters. Seine Stimme war reifer, klang aber immer noch so tief und warm wie damals. Doch warum sang er ausgerechnet das Lied von Vater und Sohn?

Die Schwestern beobachteten, wie zwei Jungen im Teenageralter mit ihren Gitarren auf die Bühne kamen und in das Lied mit einstimmten.

Seite an Seite
Vater und Sohn
Seite an Seite
Wenn der Tag zu Ende geht.

Donny hatte zwei Söhne! Donny hatte eine Familie! Die Schwestern reichten sich die Hände. Es war, als hätte etwas seine Vollendung gefunden. Als wären sie nie voneinander getrennt gewesen.

Donny erspähte sie von der Bühne aus und nickte ihnen zu. Und als er den Refrain sang, stimmten die Schwestern in das *Do la la* ein.

Jeder Vater, do la la
Braucht einen Sohn, do la la
Für den er dankbar ist,
Wenn der Tag zu Ende geht.

Ihre Reise war vollendet, und sie war nicht einsam gewesen. Wie die drei Weisen waren die Schwestern einander Gefährten gewesen, und wie Melchior lobten sie Gott für das, was er in ihrer Familie getan hatte.

* * * * *

In der Zwischenzeit im Haus von Pastor Higgins …

Pastor Higgins nahm die Zeitung von der obersten Verandastufe. Der Morgen war noch recht kühl.

Nachdem er für jede der Krippenfiguren ein neues Zuhause gefunden gehabt hatte, hätte er eigentlich Erleichterung verspüren müssen. Doch das war nicht der Fall gewesen, im Gegenteil: Er hatte sich sofort ausgemalt, was passieren würde, wenn er die Figuren wieder zurückholen musste. Er machte sich Gedanken, weil er nicht vermerkt hatte, welche Figur bei wem Asyl gefunden hatte. Nicht auszudenken, wenn eine der Figuren verschollen blieb – Maria oder Josef, oder einer der drei Weisen. Schlimm genug, dass sie Jesus verloren hatten.

Er winkte seinem Nachbarn auf der gegenüberliegenden Straßenseite zu und zog sich wieder ins Haus zurück. Die Kaffeemaschine brodelte, und die letzten Tropfen des heißen Getränks fielen in die Glaskanne. Der herrliche Kaffeeduft durchzog die ganze Küche. Samstagmorgen, Kaffee und die Zeitung. Perfekt.

Er schlug die Zeitung auf und war verblüfft, denn direkt auf Seite eins war ein Bild von Jesus zu sehen. Kein Zweifel: Das war die fehlende Krippenfigur, die ihn da so freundlich anlächelte!

Eine Gruppe von Senioren scharte sich um das Jesuskind, und eine der Damen hielt es strahlend in die Kamera.

Kaum zu glauben … Doch es handelte sich eindeutig um die vermisste Krippenfigur.

Pastor Higgins ließ sich auf den Stuhl sinken und überflog den Artikel.

Einer der Bewohner des Seniorenheims hatte Jesus auf dem Spielplatz gefunden. Es wurde darüber spekuliert, wie er wohl dort gelandet war, dann wurde die Bitte ausgesprochen, der Besitzer möge sich melden.

In dem Artikel war eine Telefonnummer angegeben. Sofort nahm Pastor Higgins das Telefon zur Hand und wählte die Nummer.

„Seniorenheim, Jessie McNeil am Apparat."

„Ich rufe wegen Jesus an."

„Zu unseren Mitarbeitern gehört auch ein Geistlicher. Ich verbinde Sie gern mit ihm."

„Nein, Moment. Ich meine den Jesus in der Zeitung."

„Ach so. Gehört er Ihnen?"

Pastor Higgins erzählte von den Krippenfiguren und dem verlorenen Jesuskind. Die Frau am anderen Ende der Leitung machte sich Notizen.

„Kann ich vorbeikommen und ihn abholen?"

„Sie brauchen nicht herzukommen. Mein Heimweg führt mich an Ihrer Kirche vorbei. Ich werde ihn Ihnen vorbeibringen."

„Gut. Heute Nachmittag bin ich dort."

Lächelnd setzte sich Pastor Higgins wieder zurück an den Tisch. Er hatte Jesus gefunden, und er brauchte ihn nicht einmal selbst abzuholen.

Der Morgen wurde immer besser.

Samstagmorgen, Kaffee, die Zeitung und Jesus. Perfekt.

Kapitel 10

Balthasar

Sie gingen in das Haus und fanden das Kind mit seiner Mutter Maria. Da warfen sie sich vor ihm zu Boden und ehrten es als König.
Matthäus 2,11a

Walter war mit Balthasar auf dem Weg ins Serenity Center. Dort würde er an seiner Gruppensitzung teilnehmen und den Weisen anschließend in seine Wohnung bringen.

Im vergangenen Jahr hatte er seine erste Sitzung im Serenity Center besucht. Nach seinem Absturz hatte Pastor Higgins ihm geholfen, wieder auf die Beine zu kommen, und schließlich hatte Walter den Mut aufgebracht, „die Reise anzutreten", wie sein Freund Simon es ausgedrückt hatte.

Die Teilnehmer der Selbsthilfegruppe im Serenity Center waren Veteranen wie er. Die meisten von ihnen waren ebenfalls im Krieg gewesen, und alle hatten ähnliche Probleme wie er. Posttraumatische Belastungsstörung, so hatte Mrs Brown, die Gruppenleiterin, es genannt.

Das Zusammentreffen mit anderen Männern, die die gleichen Probleme hatten wie er, half Walter, sich mit seinen eigenen Problemen auseinanderzusetzen. Vor zehn Jahren hatte er sein Zuhause, seine Frau und seine Tochter verlassen. Anschließend hatte er lange Zeit auf der Straße gelebt, heimatlos und ohne Orientierung. Der Weg zur Heilung war für ihn alles andere als gerade verlaufen.

Er nahm Balthasar mit in den Gruppenraum und stellte ihn hinter seinen Stuhl.

„Wer ist der Kerl?“, fragte Raymond.

„Ein Weiser.“

Raymond nickte. „Mach uns weise, oh weiser Mann.“ Aber der Plastikmann schwieg, und Raymond lachte nur und sagte: „So weise ist er wohl doch nicht.“

Walter nahm seinen Platz ein. Balthasar stand schweigend hinter ihm, als wolle er ihm mit seiner Weisheit den Rücken stärken.

Weisheit brauchte Walter mehr als alles andere. Nachdem sein Leben nun langsam wieder in die Spur kam, standen Entscheidungen an. Einige hatte er bereits getroffen, aber bei einer besonders wichtigen Frage kam er nicht weiter. Ziemlich unerwartet war er mit ihr konfrontiert worden, und in letzter Zeit beherrschte sie zunehmend seine Gedanken.

Bisher hatte er mit keinem darüber gesprochen, nicht einmal mit Pastor Higgins.

In den vergangenen Tagen hatte ihn die Frage jedoch so sehr gequält, dass er das Gefühl gehabt hatte, langsam in die Tiefe gezogen zu werden und zu ertrinken. Die Angst hatte sich in sein Leben zurückgeschlichen und war im Begriff, sein Herz einzunehmen.

„Wer möchte beginnen?“, fragte Mrs Brown.

Es entstand die übliche unbehagliche Stille, während alle nach unten schauten und den Blickkontakt mit der Sitzungsleiterin mieden.

Balthasars Anwesenheit gab Walter Mut, und er räusperte sich.

„Ich fange an.“

„Danke, Walter.“

Walter schickte ein Stoßgebet zum Himmel und begann.

„Ich rede nicht viel darüber“, begann er, „aber ich habe eine Tochter. Sie heißt Cheyenne.“

Alle in der Gruppe schwiegen, aber er spürte, dass er ihre volle Aufmerksamkeit hatte. In den Augen der Gruppenteilnehmer sah er Mitgefühl. All diese Männer waren auf demselben Weg unterwegs wie er. Auch sie hatten viel verloren, ihr Zuhause, ihre Frauen, ihre Kinder.

„Sie ist zwanzig, und ich habe sie seit zehn Jahren nicht mehr gesehen. Dass ich gegangen bin, war zu ihrem Besten."

Einige Männer nickten.

„Meine Frau hat damals ganz klar gesagt, wenn ich ginge, sei ich zu Hause nicht mehr willkommen. Seit zehn Jahren habe ich nicht mehr mit meiner Familie gesprochen."

Walter spürte Tränen aufsteigen und wischte sich mit seinem Ärmel über die Augen.

„Das ist alles", sagte er. Niemand drängte ihn, weitere Einzelheiten preiszugeben. Die Männer wussten, wie es war, von sich zu erzählen, und wie viel Mut dazu erforderlich war.

„Danke, Walter", sagte die Gruppenleiterin.

* * * * *

Während die anderen Teilnehmer darüber sprachen, was sie gerade bewegte, dachte Walter über den Begriff Weisheit nach.

Wäre es nicht schön, wenn man den Weisen um Weisheit bitten und augenblicklich alles verstehen würde? Aber das funktionierte offensichtlich nicht. Er brauchte sich nur Raymond anzuschauen, der während des Treffens völlig teilnahmslos vor sich hin döste. Balthasar konnte ihnen keine Weisheit geben, aber vielleicht konnte Gott es.

Am Ende der Sitzung hielten sich die Männer an den Händen und sprachen gemeinsam das Gelassenheitsgebet.

„Gott, gib mir die Gelassenheit, Dinge hinzunehmen, die ich nicht ändern kann, den Mut, Dinge zu ändern, die ich ändern kann, und die Weisheit, das eine vom anderen zu unterscheiden."

Die Sitzung war zu Ende, und Walter wandte sich zu Balthasar um. Als er den Weisen in seiner königlichen Kleidung und mit dem ernsten Gesichtsausdruck anschaute, stieg ein Gebet in ihm hoch. „Gott, bitte schenk mir Weisheit."

* * * * *

Er war schon so weit gekommen. Aus dem Zelt auf dem Rasen hinter der Kirche war er in die Obdachlosenunterkunft und jetzt in seine kleine Wohnung gezogen. Für ihn waren das große Schritte gewesen. Inzwischen war er froh, dass er sie gewagt hatte.

Zusammen mit Mrs Brown hatte er an seiner emotionalen Gesundheit gearbeitet. Sie hatte ihn an den Psychiater Dr. Houston vermittelt, der ihm die notwendigen Medikamente verschrieben hatte. Seine Depressionen und Ängste konnte er nicht abstellen, aber mit den Medikamenten konnte er sie recht gut eindämmen.

Und jetzt fragte er sich: War der Zeitpunkt gekommen? Sollte er versuchen, den Kontakt zu seiner Tochter wieder aufzunehmen? Und vielleicht sogar zu seiner Frau?

Die Angst kam zurück. Er atmete tief durch und sprach ein Gebet. Am Ende des Gebets fügte er erneut hinzu: „Und bitte schenk mir Weisheit, Herr."

„Auf nach Hause", sagte er zu Balthasar, und gemeinsam mit ihm stieg er die Treppe hinunter und trat hinaus auf die Straße.

Während er den Bürgersteig entlangging, fiel ihm auf, wie freundlich man ihn grüßte. Die Leute in der Stadt mochten ihn. Dafür war er dankbar. Und als er sie nach und nach besser kennengelernt hatte, hatte er festgestellt, dass sie füreinander da waren und sich gegenseitig halfen.

Walter sah Griffin auf einer Bank sitzen. Wie jeden Tag hielt der Obdachlose einen Becher in der Hand, um die Passanten um Geld zu bitten. Walter legte ihm einen Dollar hinein und dankte Gott im Stillen dafür, dass er selbst nicht mehr auf der Straße leben musste. Wofür Griffin das Geld ausgab, lag nicht in seiner Hand, aber wenigstens hatte er für den obdachlosen Mann getan, was er konnte. Jetzt musste Griffin selbst entscheiden, wofür er das Geld ausgeben würde.

Walter dachte an die Entscheidungen in seinem Leben und welche Auswirkungen sie gehabt hatten. Kleine, gute Entscheidungen auf dem Weg ermöglichten ein besseres Leben. Und ein besseres Leben versetzte einen in die Lage, anderen zu helfen. Das hatte er früher nicht verstanden.

Am heutigen Tag sah er die Straße mit anderen Augen. Vielleicht weil er Balthasar dabei hatte. Seit er den Weisen mitgenommen hatte, hatte er eine andere Einstellung zu seinem Leben bekommen. Er hatte das Gefühl, jemanden an seiner Seite zu haben, der alles sah, was er tat, und alles hörte, was er sagte.

Als er den Schlüssel in seine Wohnungstür steckte, begann Petey zu bellen. Petey war schon lange bei ihm. Er war bei ihm gewesen auf der Straße, als er in einem Zelt hinter der Kirche gelebt hatte, und er liebte ihn trotz allem. Walter war dankbar für seinen Petey.

Als der Hund den Weisen erblickte, begann er, leise zu knurren. Petey mochte Balthasar offensichtlich nicht.

„Beruhige dich, Petey."

Grrr.

Walter stellte Balthasar in einer Ecke des Zimmers ab.

Petey knurrte noch einmal leise, sprang aufs Sofa und ließ den Weisen nicht mehr aus den Augen.

* * * * *

Walter dachte über Balthasar und seine Reise nach. Was hatte den weisen Mann dazu veranlasst, seine Heimat zu verlassen und durch die Welt zu reisen, um das Christuskind zu suchen?

Die Männer in der Selbsthilfegruppe erzählten ihre Geschichten. Wenn ein Mann neu in die Gruppe war, sah man nur sein Äußeres, wie bei diesem Mann aus Plastik. Der Neue erzählte von seinem Weg, woher er kam, von den Herausforderungen des Lebens, die er zu meistern hatte, von dem Harten und dem Schönen. Und erst dann wurde er zu einem Vertrauten.

„Was ist deine Geschichte?", fragte Walter Balthasar.

Er ergriff die Bibel, die Pastor Higgins ihm geschenkt hatte, und schlug die Weihnachtsgeschichte im Matthäusevangelium auf. Sie begann mit den Weisen, die den Stern sahen und sich aufmachten, um ihm zu folgen.

An diesem Tag vor langer Zeit, als Balthasar seine Reise antrat, hatte er keine Ahnung, wohin sie ihn führen würde.

„Dazu brauchtest du Glauben“, sagte Walter zu Balthasar.

Als Walter im vergangenen Jahr den Weg der Heilung angetreten hatte, hatte er auch Glauben und Vertrauen gebraucht. Und Gott war treu gewesen. Gott hatte die Sterndeuter zu Christus geführt, und er hatte auch Walter zu Christus geführt.

Herodes versuchte, die Sterndeuter zu überlisten, aber sie durchschauten seinen Plan.

Da war sie schon wieder, die Weisheit. Erneut sprach Walter ein kurzes Gebet und bat Gott darum, dass er ihn weise machen möge. Er musste eine Entscheidung wegen Cheyenne treffen. Er hatte Sophie aus Liebe geheiratet. Dann war er Vater geworden. Doch der Krieg hatte ihn verändert, und er hatte ihm auch seine Familie genommen. Damals schien für Walter alles zu Ende zu sein.

Er dachte über Balthasar nach. Wie hatte sein Leben ausgesehen, bevor er die Reise zum Jesuskind angetreten hatte? Vermutlich hatte er keine Ahnung gehabt, was für eine lange Reise vor ihm lag.

Wieder kreisten seine Gedanken um Cheyenne, und Walter überlegte, ob er den Mut für eine weitere Reise hätte. Und plötzlich stand ihm die Antwort ganz deutlich vor Augen. Ja, er sollte Kontakt zu Cheyenne aufnehmen. Vielleicht würde sie ihn abweisen, aber er sollte es trotzdem versuchen.

Während er weiter darüber nachdachte, wie sie wohl reagieren würde, blieb sein Entschluss bestehen. Da war kein Zweifel. Er schmiedete einen Plan. Er würde Pastor Higgins aufsuchen, und sie würden gemeinsam darüber beten. Und dann würde er den Anruf machen.

* * * * *

„Das ist ein guter Plan“, sagte Pastor Higgins, als sie sich trafen. „Sie können gern mein Telefon benutzen.“ Er schob Walter den Telefonapparat hin.

Doch nun, da der Augenblick des Anrufs gekommen war, zögerte Walter.

„Vielleicht will sie gar nichts mehr mit mir zu tun haben. Als ich weggegangen bin, war sie zehn, und jetzt ist sie zwanzig. Dazwischen ist sicher viel passiert in ihrem Leben."

„Sie ist Ihre Tochter", wandte Pastor Higgins ein. „Wenn Gott Sie ermutigt, sie anzurufen, dann sollten Sie das tun und alles andere ihm überlassen."

Damit war die Angelegenheit geregelt.

Die Nummer war so alt, dass Walter sich fragte, ob der Anschluss überhaupt noch existierte. Aber eine andere Nummer hatte er nicht. Er wählte.

Das Telefon läutete und läutete, und er wollte gerade auflegen, als sich am anderen Ende der Leitung eine Stimme meldete. Eine junge Stimme.

„Hallo?"

Schnell unterbrach Walter das Gespräch. Er keuchte, und sein Herz raste, nachdem er nun ihre Stimme gehört hatte. Es musste Cheyennes Stimme gewesen sein. Sie klang wie die ihrer Mutter.

Wann war er nur ein solcher Feigling geworden? Im Krieg hatte er Auszeichnungen für seinen Mut bekommen. Alle seine Medaillen bewahrte er in einer Zigarrenkiste auf. Doch er hatte sie mit Sophie und Cheyenne zu Hause zurückgelassen.

Sophie hatte Angst vor ihm gehabt und war voller Sorge wegen seiner Wutausbrüche und seines Kontrollverlusts gewesen.

Es waren die Nächte gewesen, die ihm zugesetzt hatten. Tagsüber hatte er sich im Griff gehabt. Wenn sich der Krieg in seine Gedanken schlich, zwang er sich, an andere Dinge zu denken. Aber nachts, in seinen Träumen, kam das Grauen zurück. Im Schlaf tat er Dinge, an die er sich am nächsten Tag nicht mehr erinnern konnte.

Sophie hatte ihn angefleht, sich Hilfe zu suchen, aber dazu war er nicht bereit gewesen. Darum hatte er sie verlassen.

Nachdem Walter in der Selbsthilfegruppe über seine Tochter gesprochen hatte, hatte Raymond sie mithilfe des Internets aufgespürt.

„Du hast eine Tochter?“, hatte Raymond gesagt.

„Ja.“

„Komm, wir suchen sie.“

Es war erstaunlich einfach gewesen. Der Name Cheyenne kam nicht so häufig vor. Nach ein paar Versuchen tauchte ihr Gesicht auf dem Bildschirm auf, und Walter wusste sofort, dass sie es war. Sie hatte seine Augen und das Lächeln ihrer Mutter. Als er sie sah, wurde sein Schmerz übermächtig. Es war ein Foto von ihrer Abschussfeier an der Highschool, und sie trug einen Talar und einen Doktorhut. Neben ihr stand Sophie, älter, aber immer noch wunderschön.

Raymond stieß einen anerkennenden Pfiff aus. „Zwei hübsche Damen“, sagte er.

* * * * *

Als Walter an diesem Abend zu Bett ging, blieb der Plastikmann im Wohnzimmer stehen.

Am nächsten Morgen wusste Walter genau, was zu tun war. Er würde hinfahren.

Petey lag neben ihm, und er streichelte seinen Kopf.

„Petey, vielleicht ist es an der Zeit, dass wir eine Reise machen.“

Als der Hund seinen Namen hörte, begann er, mit dem Schwanz zu wedeln.

Walter machte sich auf den Weg zur Kirche. Dort klopfte er an Pastor Higgins’ Bürotür.

Der Pastor blickte von seinem Schreibtisch hoch. Walter wusste, wie viel Arbeit sein Chef hatte. Vermutlich arbeitete er gerade an seiner Predigt für Sonntag. Und bestimmt würde er sowieso Nein sagen.

„Hallo, Walter, was gibt’s?“

„Kann ich mir den Truck ausleihen?“

Der Pastor blickte ihn verblüfft an. Bisher hatte Walter ihn nie um etwas gebeten. Erst seit Kurzem benutzte er den Truck, um Besorgungen für die Kirche zu machen.

„Sicher."

Pastor Higgins nahm den Schlüssel aus der Schublade seines Schreibtischs und reichte ihn Walter.

„Was haben Sie denn vor?"

Walter zögerte. Oakland war mehr als sechshundert Kilometer entfernt. Aber genau dorthin musste er. Denn dort lebte Cheyenne. Er dachte an den Mut der Weisen.

„Ich möchte eine Reise machen", erklärte er. „Ich fahre nach Oakland."

„Lebt dort Ihre Tochter?"

Walter nickte.

„Soll ich Sie begleiten?"

Walter dachte einen Moment lang über das Angebot nach. Den Pastor an seiner Seite zu haben, wäre ein großer Trost für ihn. Trotzdem lehnte er ab. Er hatte einen anderen Beifahrer im Sinn.

„Könnten Sie auf Petey aufpassen, solange ich weg bin?"

„Natürlich. Und nehmen Sie sich so viel Zeit für die Reise, wie Sie brauchen."

„Danke."

„Und, Walter?"

„Ja?"

„Ich werde für Sie beten."

„Danke. Beten Sie um Weisheit", sagte Walter, ohne auch nur darüber nachzudenken.

„Das mache ich."

Am Abend packte Walter einige Sachen zusammen und lud Balthasar in die Fahrerkabine des Trucks. Gleich morgen früh würde er aufbrechen. Er würde sich auf eine Reise machen, wie es die drei Weisen getan hatten, als sie das Jesuskind suchten. Und er hoffte, dass Gott ihn führen würde, wie er auch sie geführt hatte.

* * * * *

Am Morgen duschte Walter, rasierte sich und zog seine besten Sachen an. Dann setzte er sich ans Steuer. Unvorstellbar, dass er tatsächlich auf dem Weg zu seiner Tochter war.

Zweifel plagten ihn, als er auf den Highway auffuhr.

„Hast du auch gezweifelt?“, fragte er Balthasar.

„Natürlich hast du gezweifelt“, antwortete er für den Weisen. „Den weiten Weg auf einem Kamel reiten! Durch den heißen Sand in der Wüste. Aber dein Glaube hat dich weiterreiten lassen. Du hast die Reise zu Ende gebracht.“

Walter glaubte nicht an sich. Aber er glaubte an Gott.

Gott hatte ihn auf seiner Lebensreise schon so weit gebracht, ihn durch Höhen und Tiefen geführt. Und Gott war auch jetzt bei ihm.

„Du hattest Freunde an deiner Seite“, setzte Walter das Gespräch fort. „Und ich habe dich.“

Er lachte.

Es war nicht dieser Mann aus Plastik, der Walter Mut machte. Es war derjenige, für den er stand. Gott war bei ihm.

* * * * *

In Oakland suchte sich Walter ein kleines Hotel in der Innenstadt. Er checkte ein und brachte Balthasar in sein Zimmer.

In der Nacht fand er keinen Schlaf. Seine Gedanken drehten sich um Cheyenne und Sophie, und Zweifel an seinem Vorhaben beschlichen ihn. War es falsch gewesen, den weiten Weg auf sich zu nehmen? Würden sie ihn überhaupt sehen wollen? Er hatte sich ganz schlimm benommen und war ihnen gegenüber sogar gewalttätig geworden.

Wenn ein Teilnehmer aus der Gruppe ins Zweifeln geriet, ließ Mrs Brown ihn alles aufzählen, wofür er dankbar war. Er sollte an die Segnungen in seinem Leben denken und sich daran erinnern, dass Gott ihm treu zur Seite stand.

Während die Nacht weiter fortschritt, erzählte Walter dem weisen Mann von seinen Segnungen.

Er begann mit den materiellen Dingen: seine Wohnung. Essen. Kleidung. Dafür war er dankbar, denn es hatte durchaus Zeiten in seinem Leben gegeben, in denen er all das nicht gehabt hatte.

Nach einer Weile blickte Walter Balthasar an und hatte den Eindruck, als ob dieser sagte: „Geh tiefer."

Walter ging in sich.

„Ich bin dankbar für meine Freunde. Für die Männer in der Selbsthilfegruppe. Für Mrs Brown. Für Pastor Higgins."

Bei dem Gedanken an all die wundervollen Menschen in seinem Leben, die ihn liebten und unterstützten, stiegen ihm Tränen in die Augen. Es hatte eine Zeit gegeben, als er niemanden gehabt hatte.

„Noch tiefer." Ihm war, als blickte Balthasar tief in seine Seele.

„Ich bin gesund. Ich habe hart an mir gearbeitet, die richtigen Medikamente bekommen, und ich denke, ich kann mein Handeln und meine Entscheidungen nun kontrollieren."

Er war so unendlich dankbar, dass es ihm gesundheitlich mittlerweile so gut ging. Viele Veteranen waren nicht in der Lage, dieses Gleichgewicht wiederzufinden, viele hatten noch immer große Probleme und litten sehr.

„Danke, Herr", sagte Walter aus tiefstem Herzen.

„Tiefer", forderte die Stimme in seinem Inneren sanft, aber bestimmt.

„Ich habe dich, Gott", brach es aus ihm heraus, und ihm wurde klar, dass es im Grunde genommen nur um Gott ging. Gott liebte ihn und hatte ihn aus der Dunkelheit seines Lebens herausgeführt. Gott hatte ihm Gesundheit geschenkt. Gott hatte all die wundervollen Menschen in sein Leben geführt.

„Ich bin geliebt."

Ja.

„Ich bin wertvoll."

Ja.

Ein dritter Gedanke kam ihm in den Sinn, der ihm allerdings Mühe machte. Aber er war da. Kreiste in seinem Kopf. Er blickte Balthasar an. Und dann sprach er es aus.

„Mir wurde vergeben."

Ja. Ja. Ja.

Gott hatte ihm vergeben, und er hatte sich selbst vergeben. Er war ein neuer Mensch.

Und bei diesem Gedanken musste Walter endgültig weinen.

Als schon der Morgen anbrach, legte er sich äußerlich erschöpft, aber innerlich erneuert auf sein Bett und fiel in einen kurzen, tiefen Schlaf. Schließlich stand er auf, duschte und zog sich an. Aus seiner Tasche nahm er den Zettel mit der Adresse. Er war bereit.

Im vergangenen Jahr, seit Walter in Pastor Higgins' Kirche arbeitete und sein Leben Jesus übergeben hatte, war er ein anderer Mensch geworden. Er stellte nicht länger eine Gefahr für Sophie und Cheyenne dar. Er war geliebt, wertgeschätzt, und ihm war vergeben worden. Sein Leben mit Gott hatte ihn wirklich verändert.

Ich werde langsam weise, dachte er und musste schmunzeln.

„Danke", sagte Walter zu Balthasar. „Danke", sagte er zu Gott. Und dann verließ er sein Zimmer.

* * * * *

Bei Sophies Haus angekommen, klingelte er und wartete. Seine Nervosität war verschwunden. Was immer auch passieren würde, Gott war bei ihm. Die Tür ging auf, und da stand Sophie. Sie schnappte nach Luft.

„Walter?"

„Hallo, Sophie."

Sie hielt den Türknauf fest umschlossen.

„Sophie, ich war sehr krank, aber jetzt geht es mir besser. Ich bin hergekommen, um dich und Cheyenne zu sehen."

Sophie atmete tief durch.

„Ich wusste nicht, wo du all die Jahre abgeblieben bist …", sagte sie.

„Es tut mir leid, Sophie. Es ist viel passiert … Und bitte glaube mir, dass ich heute ein anderer Mensch bin."

Und endlich sagte sie die Worte, auf die er gehofft hatte.

„Komm rein."

* * * * *

In der Zwischenzeit auf dem Supermarktparkplatz …

„Stopp! Haltet diesen Mann auf!"

Jessie McNeil stand auf dem Parkplatz und musste hilflos mit ansehen, wie der Mann mit ihrer Einkaufstasche davonrannte.

Jessie schüttelte den Kopf. „Was soll ich denn jetzt Pastor Higgins sagen?"

Larry rannte schnell, die Straße entlang, um die Ecke. Die cremefarbene Tasche hielt er fest an sich gedrückt.

Er hatte die Tasche auf dem Beifahrersitz des Mercedes entdeckt, der auf dem Parkplatz des Supermarkts geparkt hatte. Das war leichte Beute gewesen. Das Fenster stand einen Spalt offen, er schob sein Werkzeug hinein und öffnete die Tür.

Bei seinem ersten Diebstahl hatte er noch Gewissensbisse gehabt, aber je öfter er das machte, desto mehr Rechtfertigungen fand er für sein Tun. Jemand, der einen Mercedes fuhr, besaß viel Geld. Er konnte den Verlust einer Einkaufstasche verschmerzen.

Handys und Stereoanlagen waren leicht zu verhökern. DVD-Spieler waren auch okay. Geldbörsen und Sporttaschen … eine wahre Goldgrube.

Sein Kumpel Bill nahm ihm seine Beute ab, und je nachdem, was Larry ergattert hatte, bekam er ein paar Dollar von ihm für seine nächste Flasche Wein. Am nächsten Tag ging alles wieder von vorn los.

Larry rannte weiter die Straße entlang. Schließlich verlangsamte er seinen Schritt, und als er die Main Street erreichte, war er ziemlich sicher, dass ihn niemand mehr verfolgte.

Bill wartete hinter dem *Golden Nugget Chicken House* auf ihn.

„Was hast du heute erbeutet?"

Larry hielt ihm die Tasche hin. Hoffentlich war etwas darin, was Bill gefiel. Er konnte sehr unangenehm werden, wenn ihm etwas nicht passte.

Bill schnappte sich die Tasche und warf einen Blick hinein. „Hast du mal hineingeschaut, bevor du sie mitgenommen hast?"

„Nein. Sie lag in einem Mercedes, und ich musste schnell wegrennen. Und jetzt bin ich hier. Ein paar Dollar?"

„Auf keinen Fall."

Bill hielt Larry die Tasche hin. Jesus, mit ausgestreckten Armen, warf Larry ein sanftes Lächeln zu.

Larry wich zwei Schritte zurück.

„Wer ist das?", fragte Bill.

„Ich denke, das ist Jesus", sagte Larry und wirkte schockiert. Es kam ihm so vor, als hätte er gerade einen persönlichen Weckruf von Gott bekommen.

Auf einmal war ihm das Geld nicht mehr wichtig. Der Wein spielte keine Rolle mehr. Er musste nach Hause gehen. Er hatte gerade Jesus gestohlen und musste Buße tun.

In der Ferne war eine Sirene zu hören. Die Polizei war ihm also doch schon auf den Fersen.

Bill nahm die Tasche an den Henkeln und warf sie in die Mülltonne.

„Verschwinde hier."

Das brauchte er Larry nicht zweimal zu sagen. Schließlich geschah es nicht alle Tage, dass man Jesus stahl. Vielleicht war es für ihn an der Zeit, ganz mit dem Stehlen aufzuhören, seine Karriere als Kleinkrimineller für immer zu beenden.

Kapitel 11

Kaspar

Dann packten sie ihre Schätze aus und beschenkten das Kind mit Gold, Weihrauch und Myrrhe.
Matthäus 2,11b

Miltons Mutter Margaret zwängte sich mit zwei Tüten Lebensmitteln durch die Tür.

„Brauchst du Hilfe, Mutter?“

„Die Tüten habe ich schon! Hol doch bitte noch den Mann aus dem Wagen.“

„Den Mann?“

Sie stellte die Tüten auf die Arbeitsplatte und seufzte.

„Ja, den Mann … im Auto.“ Das klang so, als wäre es eine ganz alltägliche Bitte, einen Mann aus dem Auto zu holen.

Milton blieb noch einen Moment sitzen. So hatte er sich sein Leben nicht vorgestellt.

Mit sechzig noch mit seiner achtzigjährigen Mutter zusammenzuleben und wie damals, als er noch ein kleiner Junge war, ihre Befehle entgegenzunehmen. Genau deshalb war er mit sechzehn zu seinem Onkel Doug gezogen. Aber jetzt war er zu alt, um wegzulaufen.

Milton erhob sich vom Küchentisch, wo er am Laptop seiner Mutter nach einem Job gesucht hatte. Einen Job, wie er ihn sich vorstellte, gab es nicht, aber er würde nehmen, was er kriegen konnte, um einfach nur von hier wegzukommen. Tellerwäscher, Küchenhilfe. Viele Optionen gab es nicht, und all diese Jobs waren nicht gerade erstrebenswert. Aber ein arbeitsloser Clown hatte eben nicht viele Möglichkeiten.

Auf dem Weg nach draußen fragte Milton sich, wen er im Auto wohl vorfinden würde – und tatsächlich: Im Kofferraum lag ein großer Mann aus Plastik! Milton öffnete die Heckklappe des alten Kombis und betrachtete den Mann, der ein kleines Kästchen in den Händen hielt, als wolle er es jemandem überreichen. Er trug ein seltsames grünes Gewand, das mit Quasten besetzt war, und sein Gesichtsausdruck wirkte überrascht.

Achselzuckend nahm Milton die Figur aus dem Auto. Sie war nicht schwer, also klemmte er sie sich unter den Arm und zog die Heckklappe des Kombis wieder zu.

„Wo soll ich sie hinstellen?"

„Ins Wohnzimmer", erwiderte Margaret.

Er stellte den Plastikmann neben dem Couchtisch ab. Sein bemaltes Gesicht und sein überraschtes „Oh", das er mit den Lippen formte, erinnerten Milton an einen Clown im Zirkus.

* * * * *

Milton war noch ein Teenager gewesen, als er von zu Hause fortgelaufen und zum Zirkus gegangen war. Onkel Doug, sein Lieblingsonkel, arbeitete dort. Milton bewunderte seinen Onkel, weil er so frei und ungebunden war. Als eines von neun Kindern sehnte sich Milton nach etwas Eigenem, und im Zirkus sah er einen Ausweg und eine Zukunft für sich.

Er erinnerte sich noch, wie Onkel Doug ihn und seine Mutter in ihrem kleinen Haus besuchte. „Im Zirkus", sagte er, „ist Platz für jeden." Und dann machte er eine ausladende Handbewegung und sprach die Worte aus, die Miltons junges und sehnsüchtiges Herz berührten. „Im Zirkus kann jeder so sein, wie er ist."

Onkel Doug erzählte von den unterschiedlichsten Leuten im Zirkus. Da waren der Riese, der alle überragte, und der Schlangenbeschwörer aus Indien. Die Akrobaten aus Rumänien. Und die Clowns. Besonders viele Geschichten erzählte er von den Clowns und ihren Possen, mit denen sie die Zuschauer zum Lachen brachten. Milton war beeindruckt. So ein Clown wollte er auch werden!

Fünfundvierzig Jahre lang hatte Milton zu diesen eigenwilligen Zirkusleuten gehört. Sie waren ihm eine Familie gewesen – mehr als seine richtige Familie, die ihn immer gedrängt hatte, etwas zu sein, was er nicht war.

Aber das alles lag nun hinter ihm. Als der Zirkus im vergangenen Jahr dichtgemacht hatte, war für Milton eine Welt zusammengebrochen. Im Zirkus konnte er er selbst sein, und er wurde so akzeptiert, wie er war. Dort brauchte er nichts vorzutäuschen. Bei seiner richtigen Familie ging das nicht.

* * * * *

„Hast du schon einen Job gefunden?"

„Nein, Mutter."

Milton begann, die Lebensmittel wegzuräumen und versuchte, die Stimme seiner Mutter auszublenden, die sich mal wieder darüber ausließ, dass er sich unbedingt eine Arbeit suchen und hier verschwinden musste.

Ein Problem war, dass er keine besonderen Fähigkeiten besaß und natürlich keine Berufserfahrung vorzuweisen hatte. Zumindest nicht als Kellner oder Tellerwäscher. Berufserfahrung hatte er nur als Clown.

Von Kindesbeinen an war er ein Clown gewesen. Es hatte in der Grundschule begonnen, als er merkte, was ein Witz bewirken konnte. Er hatte im Klassenzimmer gesessen und versucht, sich auf den Unterricht zu konzentrieren, aber seine Gedanken waren auf Wanderschaft gegangen. Das taten sie immerzu! Dann hatte er Mrs Wilford mit ihrem Lineal auf sich zukommen sehen und schnell einen Witz erzählt, und die anderen Kinder hatten tatsächlich gelacht – nicht *über* ihn, sondern mit ihm. Das Lachen der anderen hatte ihm gutgetan und ihm gezeigt, dass seine Mitschüler ihn akzeptierten, etwas, wonach er sich allermeisten sehnte!

* * * * *

„Hast du Mr Green im Supermarkt gefragt?"

„Noch nicht, Mutter."

„Hast du bei der Geflügelfarm nachgefragt?"

„Nein, Mutter."

„Nun, weißt du, Milton, ein Job klopft nicht einfach an deine Tür!"

Milton konnte sich einfach nicht überwinden, die Menschen in seinem Umfeld um Arbeit zu bitten. Die Arbeit im Zirkus hatte er geliebt. Im Grunde war es für ihn gar keine Arbeit gewesen, denn er hatte es genossen, mit seinem Humor das Leben anderer Menschen leichter zu machen.

Die Leute kamen in den Zirkus, um für eine Weile ihrem Alltag zu entfliehen. Was auch immer in ihrem Leben schiefging, konnte durch Albernheiten und Lachen für ein paar Stunden in Vergessenheit geraten.

Milton hatte seinen Spaß daran. Es war sozusagen seine Berufung. Aber natürlich war es auch sein Beruf. Er hatte das Handwerk des Komikers richtig erlernt. Die Dreierregel zum Beispiel, die besagte, dass es beim Witzeerzählen entscheidend war, die Pointe genau im richtigen Augenblick zu bringen. Das hatte ihm sehr geholfen. Er hatte auch gelernt, sich komische Figuren und Situationen auszudenken und das Publikum zum Mitmachen zu bewegen.

Als er mit sechzehn zum Zirkus gekommen war, nahmen ihn die älteren Clowns unter ihre Fittiche und brachten ihm alles bei. Zuallererst, wie man seine Clown-Schminke auftrug. Milton liebte es, sich hinter seiner Schminke zu verstecken, eine Maske aufzusetzen. Sein Clownsgesicht hatte er sich selbst ausgedacht. Er hatte nie andere kopiert. Darauf war er stolz. Auch sein Kostüm war ein Original. Coco, der ganz besondere Clown.

Als Clown Coco wurde er gemocht und akzeptiert. Als Milton nicht so sehr.

* * * * *

Er räumte die letzten Schachteln in die Speisekammer.

„Ich finde schon etwas, Mutter."

Damit schüttelte er die Einkaufstüten aus, faltete sie zusammen und legte sie in den Schrank. Im Zimmer gegenüber stand der Plastikmann und schien ihm sein Geschenk hinzuhalten.

Wenn er den Plastikmann anschaute, dann war ihm, als sähe er sich selbst: außen hübsch bemalt, aber innen leer.

Seine Mutter hatte Milton bei sich aufgenommen, unter der Bedingung, dass er ihre Regeln befolgte. Aus einem Leben in Freiheit war er genau dorthin zurückgekehrt, von wo er damals geflohen war.

Eine ihrer Regeln besagte, dass er jeden Sonntag mit ihr zur Kirche gehen musste. Gegen diese Regel hatte er sich anfangs gewehrt, doch mittlerweile mochte er die Kirche sogar.

Einmal hatte ihn eine Begebenheit auf dem Kirchparkplatz an sein Leben im Zirkus erinnert. Alle hatten sich beeilt, ihre Autos zu parken, um rechtzeitig zu Beginn des Gottesdienstes in der Kirche zu sitzen. Und Milton hatte an die Autonummer im Zirkus denken müssen, die er mit seinem Kollegen Joey einstudiert hatte …

Mit leicht gebeugten Knien, als würden sie in einem Auto sitzen, rannten sie durch die Manege. Joey hielt das eingebildete Lenkrad in der Hand. Er gähnte ausgiebig und tat so, als würde er schlafend auf das Lenkrad sinken. Wenn sie dann gegen die Manegenumrandung stießen, machte Milton einen Salto über die Einfassung, schlug ein paar Purzelbäume und blieb ausgestreckt auf dem Heu liegen, wobei eins seiner Beine hoch in die Luft ragte. Die Zuschauer brachen in brüllendes Gelächter aus.

Joey kam herüber und versuchte, das hochstehende Bein herunterzudrücken. Dann schoss Miltons anderes Bein nach oben. Und wieder lachte die Menge. Joey drückte auch dieses Bein hinunter, doch dann ging ein Arm nach oben. Und so weiter.

Beim Gedanken an die Autonummer hatte Milton lächeln müssen.

Und vielleicht war die Kirche einem Zirkus in diesem Punkt ja gar nicht so unähnlich: Die Leute gingen dorthin, um für ein paar Stunden ihre Sorgen zu vergessen.

* * * * *

Am nächsten Sonntag ließen Milton und seine Mutter den Weisen im Wohnzimmer zurück und fuhren zur Kirche. Im Foyer, in der Nähe der Sonntagsschulräume, wo sich die Kinder trafen, blieb Milton stehen. Im Zirkus hatten ihn die Kinder immer besonders gemocht. Wie unschuldig Kinder doch waren. Wie gut sie es hatten, dass sie einfach sie selbst sein konnten …

Er griff in seine Tasche und holte ein paar Luftballons heraus. Ein Mädchen schaute ihm interessiert dabei zu, wie er einen Ballon aufpustete. Ihre Augen wurden ganz groß, als er aus dem Ballon, der aussah wie eine Wurst, einen Pudel formte.

Milton verbeugte sich und überreichte der Kleinen das Kunstwerk. Sie strahlte ihn an und klatschte, aber ihre Mutter runzelte die Stirn.

Pastor Higgins war ebenfalls im Foyer und begrüßte ihn mit einem strahlenden Lächeln und einem Handschlag. „Milton, Sie sind ein echtes Geschenk."

Milton war sich nicht sicher, ob das tatsächlich stimmte.

Jedenfalls war er nicht so ein wertvolles Geschenk wie jenes, das der Weise in seinem Elfenbeinkästchen aufbewahrte. Gold, Weihrauch und Myrrhe, das waren echte Geschenke.

Milton stellte sich vor, wie er sich mit den drei Weisen auf den Weg machte, um das Jesuskind zu suchen. Was könnte er ihm schenken? Geld besaß er keines. Seine gesamten Ersparnisse waren mittlerweile aufgebraucht.

„Gott“, betete er, „was kann ich dir schenken?“

Die Antwort lautete: Nichts. Er hatte kein Geld. Keine Wohnung. Keinen Job. Keine Freunde.

Mit der Schließung des Zirkus' hatte er alles verloren.

Es war ein trauriger Tag gewesen, als Milton die Nachricht erhalten hatte, dass der Zirkus schließen würde. Schon seit Jahren steckten sie in finanziellen Schwierigkeiten. Die Leute gingen nicht mehr so oft in den Zirkus wie früher. Nacheinander hatten sie alle Tiere verkaufen müssen. Und dann rief Mr Bradbury, der Besitzer des Zirkus, alle zusammen und übermittelte ihnen die schlimme Nachricht.

„Wir machen dicht.“

Es war endgültig. Seit Monaten hatten die Darsteller schon kein Geld mehr bekommen, und nun war es traurige Gewissheit: Der Zirkus war bankrott, die Manege für immer geschlossen.

Die Clowns packten ihre Schminke und ihre Requisiten zusammen. Ohne wie üblich dabei zu scherzen. Milton umarmte ein letztes Mal seine Freunde. Dann gingen sie auseinander. Einige fuhren in die Stadt und machten sich auf die Suche nach einer neuen Arbeitsstelle.

Milton fuhr zu seiner Mutter. Das Geld für die Fahrkarte hatte er gerade noch zusammenkratzen können.

* * * * *

Nach dem Gottesdienst kam Pastor Higgins erneut auf ihn zu.

„Milton, wie wäre es, wenn Sie mich am Mittwoch ins Krankenhaus begleiten würden?“

„Das geht nicht“, antwortete Milton. „Ich muss mir eine neue Arbeitsstelle suchen.“

„Nun“, erwiderte der Pastor, „hier ist meine Nummer, falls Sie es sich anders überlegen.“

Milton mochte Pastor Higgins sehr. In Bezug auf Gott war er sich da nicht ganz so sicher … Immer wenn er an ihn dachte, verspürte er eine innere Unruhe. Die Vorstellung von einem großen Gott im Himmel, der in sein Herz hineinschauen konnte – und sah, dass es leer war –, machte ihm Angst.

Milton stellte sich Gott eher als Löwenbändiger mit einer Peitsche vor, der die wilden Tiere dazu brachte, von hier nach da zu springen. Aber war Gott wirklich so?

Woche für Woche saß Milton auf der hintersten Bank der Kirche und beobachtete die Menschen, die zum Gottesdienst kamen. Sie wirkten so gelassen. So ordentlich und adrett. Das beschämte ihn und gab ihm das Gefühl, nicht normal zu sein.

Einmal hatte es ihm so sehr zugesetzt, dass er sich aus dem Gottesdienst schlich, sich in seinen Wagen setzte und wieder in die Einsamkeit flüchtete.

Manchmal fühlte er sich so einsam, dass ihm die Tränen kamen.

Sein Clownsgesicht hatte er perfektioniert. Mit der weißen Schminke überdeckte er sein echtes Gesicht. Er malte sich ein breites, immer glückliches rotes Lächeln auf. Und zuletzt sein Markenzeichen, die Träne. Eine einsame Träne gleich unter dem rechten Auge. Eigentlich typisch für einen Harlekin, aber irgendwie gehörte sie zu ihm.

Er brachte Leben in jede Party. Aber wenn er allein zu Hause saß, dann schaute er in den Spiegel und fragte sich, wer der Mann war, der ihn da anblickte.

Eine Frau hatte er nie gefunden. Frauen wollten nur seine platonischen Freundinnen sein, weinten sich an seiner Schulter aus, wenn sie Probleme mit ihren Männern hatten, und ließen sich von ihm wieder zum Lachen bringen.

In gewisser Weise war er damit auf der sicheren Seite, denn bei solchen Beziehungen ging er kein Risiko ein – das Risiko, abgewiesen zu werden. Aber es machte ihn auch einsam.

Äußerlich ein Clown, innerlich ein trauriger, einsamer Mann.

Der Mittwoch begann wie jeder andere Tag. Kein Job in Aussicht. Keine Chance auf ein Leben in Freiheit.

Milton erinnerte sich an Pastor Higgins Angebot und wählte die Nummer auf der Karte.

„Pastor Higgins?“

„Hallo, Milton. Schön, dass Sie anrufen.“

„Kann ich Sie heute doch begleiten?“

„Natürlich. Ich hole Sie in einer halben Stunde ab.“

„In Ordnung, bis gleich.“

Auf einmal fühlte sich Milton gut. Schnell kämmte er sich die Haare und zog ein sauberes Hemd an. Er war ein wenig aufgeregt, wie vor einer Vorstellung. Pastor Higgins war ihm sympathisch, und es war ihm wichtig, einen guten Eindruck bei ihm zu hinterlassen.

Auf dem Weg zum Krankenhaus unterhielten sie sich die beiden Männer. Der Pastor erzählte ihm von den Leuten, die sie besuchen würden. Da war Mrs Miller, eine ältere Dame, die sich von einer Herzoperation erholte. Mr Pritchard, der gestürzt war und sich ein Bein gebrochen hatte. Und die fünfjährige Sally Stanford, die wegen einer seltenen Blutkrankheit im Krankenhaus behandelt wurde.

Zuerst gingen sie zu Mrs Miller, und sie freute sich sehr über den Besuch.

Milton stellte sich vor, setzte sich dann neben Pastor Higgins und sagte nicht viel, aber er hörte zu, wie die alte Dame von ihrer Operation erzählte. Und Milton spürte, dass es ihr guttat, mit jemanden darüber zu reden.

Auch Mr Pritchard hatte viel zu erzählen. Schon bald lachten sie gemeinsam über die Geschichten aus seiner Kindheit und Jugend.

Schließlich stand nur noch der Besuch bei Sally aus. Milton dachte an das kleine Mädchen mit der Blutkrankheit. Wie könnte er ihr helfen?

„Ich komme gleich nach“, sagte er zu Pastor Higgins und eilte zur Männertoilette.

Aus seinem Baumwollbeutel holte er die kleine Dose mit Clownsschminke. Eilig begann er sich zu schminken. Er hatte das schon so oft gemacht, dass es ihm selbst nach so langer Zeit leicht von der Hand ging.

Mit dem Weiß war er fertig, jetzt kamen die anderen Farben an die Reihe. Viel Zeit hatte er nicht. Schnell griff er zum Rot und malte sich ein großes Lächeln auf. Dann holte er seine Clownsnasen aus Schaumstoff heraus. Er hatte zwei mitgebracht und entschied sich für die große rote – definitiv die lustigere von beiden, und in dieser Situation musste er auf Nummer sicher gehen.

Zum Schluss setzte Milton noch seinen bunt gepunkteten Hut auf – nun konnte nichts mehr schiefgehen.

Eine unbeschreibliche Freude erfüllte ihn – jedoch nicht die Art von Freude, wie er sie verspürte, wenn er sich nach einer gelungenen Vorstellung verbeugte. Es war ein schier überwältigendes Gefühl, das sich in Form eines alles überlagernden Friedens äußerte.

* * * * *

Auf dem Weg zu Sallys Krankenzimmer lächelten ihn alle an. Sein Anblick schien sie froh zu machen.

Der Besuch bei dem kleinen Mädchen war himmlisch. Sie lachte aus vollem Herzen, und ihre Mutter sagte, sie habe ihre Tochter seit Monaten nicht mehr so lachen gehört. Milton machte seine Ballontiere und zog Blumen aus seinem Ärmel. Andere Kinder kamen hinzu, als sie das Lachen durch den Krankenhausflur hallen hörten, und standen in der Tür, um ihm zuzuschauen.

Miltons Herz floss über. In die Trostlosigkeit des Krankenhausalltags brachte er fröhliches Lachen. Pastor Higgins stand dabei und strahlte über das ganze Gesicht.

Als der Besuch beendet war, ließ Milton die letzten Minuten Revue passieren. Nur für einen kurzen Augenblick hatte er das Leben dieser Kinder zum Guten verändert. Aber in ihm hatte eine größere Veränderung stattgefunden. Er fühlte sich auf einmal wertvoll. Angenommen.

Milton wischte seine Schminke ab, doch das gute Gefühl blieb.

Auf dem Heimweg war er schweigsam.

„Sie haben wirklich Talent, Milton“, erklärte Pastor Higgins. „Ich hoffe, Sie kommen nächste Woche wieder mit.“

„Aber sicher doch.“

* * * * *

Als Milton ins Haus trat, sah er den Weisen, der dem Jesuskind sein Geschenk entgegenstreckte. In diesem Augenblick wurde ihm klar, was er dem Jesuskind schenken könnte.

Er würde das Baby zum Lachen bringen. Er würde an die Krippe treten, mit den Augen wackeln und mit seiner großen roten Nase hupen. Kleine Kinder liebten ihn.

Er würde Ballontiere machen und vielleicht Blumen aus seinem Ärmel hervorzaubern.

Wenn Jesus das sähe, dann würde er lachen, davon war Milton überzeugt.

Manchmal war ein Geschenk nicht unbedingt Gold, Weihrauch oder Myrrhe. Manchmal war es ein einfaches Lachen.

Als er an sein Geschenk dachte und sich vorstellte, wie er es dem Baby in der Krippe überreichte, veränderte sich seine Vorstellung von Gott. Er spürte jetzt, dass Gott ihn genau so liebte, wie er war.

Er würde eine Arbeit finden. Er könnte Geschirr spülen oder als Kellner arbeiten. Er könnte sogar auf der Geflügelfarm arbeiten, wenn es sein musste. Aber den Mittwoch würde er sich frei halten.

Gott hatte Milton die Gabe des Humors gegeben, und Milton würde diese Gabe zu Gottes Ehre einsetzen.

* * * * *

In der Zwischenzeit in einem Müllcontainer in der Nähe …

Homer kletterte auf eine Kiste, schwang ein Bein über den Rand des Müllcontainers und ließ sich in den Müll hinunterfallen. Jasper folgte ihm. Stöhnend ließ auch er sich hineinfallen.

„Ich werde langsam zu alt, um in Müllcontainer zu klettern."

„Du bist nicht zu alt, um zu essen", erwiderte Jasper.

Homer lachte.

„Da hast du natürlich recht!"

„Dann mal los."

Der Müllcontainer in der Main Street war der beste. Es war unglaublich, was manche Leute wegwarfen. Einmal hatten sie eine halbe Hochrippe in einem Plastikbeutel gefunden. In der Straße gab es drei Restaurants, und es überraschte Jasper und ihn immer wieder aufs Neue, was dort alles weggeworfen wurde. Warum warf überhaupt jemand Essen weg?

Heute suchte Homer zuerst die Oberfläche des Mülls ab und schaute, ob etwas dabei war, was ihm ins Auge stach. Da war ein Müllbeutel mit altem Gemüse. Nicht mehr frisch genug für ein Restaurant, aber für sie war es noch in Ordnung.

Daneben lag eine Einkaufstasche.

„Hey, schau mal hier."

Jaspers Blick wanderte zu der Tasche. Eine cremefarbene Baumwolltasche mit dem Aufdruck „Bartholomew". Das war der Name eines Kaufhauses in der Stadt. Vielleicht steckte alte Kleidung darin.

Vorsichtig stieg Homer über die Berge von Altpapier, vergammeltem Essen und sonstigem Unrat und nahm die Tasche in die Hand. Sie war schwer. Er öffnete sie und schaute hinein.

„Jesus", sagte er.

„Du sollst den Namen des Herrn nicht missbrauchen", ermahnte Jasper ihn.

Früher war er Pastor gewesen. Jetzt predigte er am Mittwochabend im Obdachlosenheim.

„Nein, ich fluche ja nicht. Es *ist* Jesus." Er hielt Jasper die Tasche hin, damit er hineinschauen konnte. Das Baby blickte die beiden Männer an.

„Also, ich hätte nie gedacht ..."

„Jesus in einem Müllcontainer."

Sie schwiegen eine Weile und nahmen den Anblick des Babys in sich auf.

„Das ist Stoff für eine Predigt", meinte Jasper schließlich.

Kapitel 12

Das Lamm

Schließlich kehrten die Hirten zu ihren Herden zurück. Sie lobten Gott und dankten ihm für das, was sie gehört und gesehen hatten. Es war alles so gewesen, wie der Engel es ihnen gesagt hatte.
Lukas 2,20

Vorsichtig trug Gertie ihr niedliches kleines Bündel Freude ins Haus. Sie fragte sich, wie sie Sam die Neuigkeit beibringen sollte.

Ich habe uns ein Haustier besorgt, könnte sie mit fröhlicher Stimme verkünden, damit ein wenig ihrer Begeisterung auf ihn abfärbte.

Nein, das wäre zu direkt.

Was hältst du davon, wenn wir uns ein Haustier anschaffen?

Nein, das wäre auch nicht richtig.

Wie würde es dir gefallen, ein Haustier zu haben?

Oder besser noch …

Wie würde es dir gefallen, ein Haustier zu haben, das uns nichts kostet, für das du kein Futter kaufen und mit dem du nicht zum Tierarzt gehen musst?

Bevor sie weitere Überlegungen anstellen konnte, kam Sam die Treppe herunter. Er war im Schlafzimmer gewesen und hatte für ihre Reise mit dem Wohnmobil gepackt. Der Stauraum im Wohnmobil war beschränkt, darum musste er genau überlegen, welche Hemden, Shorts und Jacken er mitnehmen wollte.

Seit einer Woche planten sie nun schon gemeinsam, und seine Begeisterung war von Tag zu Tag gewachsen.

„Was ist das?“, fragte Sam, während er weiter zur Küche ging.

„Das ist unser neues Haustier. Und es kostet uns keinen Cent."
„Wo kommt das her?"
„Aus der Kirche. Pastor Higgins musste den Lagerraum für den Anbau ausräumen. Dort standen auch die Krippenfiguren. Er hat keinen Platz, sie zu lagern, darum habe ich angeboten, eine zu nehmen."
Sam nahm Brot und Mayonnaise aus dem Schrank, um sich ein Sandwich zu machen.
„Ist es nicht niedlich?", fragte Gertie.
Liebevoll betrachtete sie das kleine Lamm. Sie hatte sich sogleich in das Tier verliebt, was sie vollkommen überrascht hatte. Sicher, es war niedlich, und genau deshalb hatte sie es ausgewählt, doch am Ende war es nur eine Plastikfigur! Aber egal – schließlich wünschte sie sich schon so lange ein Haustier.
Sie war in der Kirche gewesen, um Pastor Higgins von ihrer Reise zu erzählen. Sie würden für einige Wochen unterwegs sein, und er sollte sich keine Sorgen machen, wenn sie so lange nicht zum Sonntagsgottesdienst erschienen.
Pastor Higgins hatte auf dem Rasen vor der Kirche gestanden und die Krippenfiguren betrachtet.
„Ist es nicht ein wenig früh, um die Krippe aufzubauen?", hatte sie gefragt.
„Oh, wir bauen sie nicht auf. Wir haben nur den Lagerraum ausgeräumt, wegen der Renovierung."
In diesem Augenblick hatte sie das kleine Lamm entdeckt.
„Können Sie und Sam eine der Figuren aufbewahren?"
„Wir nehmen das hier." Gertie hatte das Lamm, das so klein und verletzlich neben dem Hirten stand, auf den Arm genommen und war erstaunt gewesen, wie leicht es war.
Ganz vorsichtig hatte sie das Lamm zum Auto getragen, es behutsam auf die Rückbank gesetzt und sogar angeschnallt.
Es brauchte jemanden, der für es sorgte, der es liebte.
„Du bist wertvoll", hatte sie zu dem Lamm gesagt, und Tränen waren in ihre Augen gestiegen.
Sie war nur so vorsichtig gewesen, weil es zu der Krippe ihrer

Gemeinde gehörte, redete sie sich ein, aber tief in ihrem Inneren fühlte sie sich mit dem kleinen Plastiktier verbunden.

„Es braucht einen Namen", sagte sie zu Sam.

Sam hielt inne. Seine Hand mit dem Messer erstarrte mitten in der Bewegung.

„Was?"

„Das Lamm. Es braucht einen Namen." Sie blickte das kleine Tier an, das so verletzlich wirkte neben ihrem robusten Couchtisch. Da war etwas in seinen Augen.

„Gertie, nach dem Mittagessen bringe ich es auf den Dachboden. Möchtest du auch ein Sandwich?"

Gertie schnappte nach Luft. Nicht einen Augenblick war ihr der Gedanke gekommen, das Lamm auf den Dachboden zu stellen. Eigentlich hatte sie gedacht, dass sie es auf die Reise mitnehmen könnten. Aber das konnte sie Sam jetzt nicht sagen.

Sie stellte sich das Lamm vor, wie es fröhlich in der Fahrerkabine des Wohnmobils stand. Es brauchte wirklich einen Namen ... vielleicht Flöckchen – nicht sonderlich einfallsreich, aber genauso süß wie ihr zukünftiger Reisebegleiter.

In diesem Augenblick wurde ihr klar, dass es größere Hindernisse zu überwinden galt, bevor DAS passieren würde. Oder vielleicht ja auch nur ein Hindernis – ihren Ehemann.

„Soll ich dir auch ein Sandwich machen?", fragte Sam.

„Nein, danke. Sam, auf dem Dachboden ist es so staubig, und dieses niedliche Lamm gehört zu den Krippenfiguren. Wir müssen gut darauf aufpassen. Eigentlich fände ich es sogar schön, wenn wir es auf die Reise mitnehmen könnten ... als unser Maskottchen, sozusagen."

So, jetzt war es raus.

Sam schaute sie fassungslos an.

„Wir sollen ein Schaf aus Plastik in den Zion National Park mitnehmen? Machst du Witze?"

Er schob eine Käsescheibe zurück, die aus seinem Sandwich herausgerutscht war, und nahm einen großen Bissen.

„So lächerlich ist das gar nicht. Die Leute nehmen oft ein Maskottchen im Wohnmobil mit. Das habe ich im Internet gelesen. Viele haben sogar ein *richtiges* Haustier dabei." Sie betonte das Wort „richtig", damit er merkte, wie viel schlimmer es hätte kommen können.

„Im Wohnmobil ist kein Platz." Sam wandte seine Aufmerksamkeit einem Gurkenstück auf seinem Tellerrand zu. „Ich habe jeden Zentimeter verplant."

Gertie betrachtete erneut das kleine Lamm. Dieses kleine unschuldige Etwas würde ins Wohnmobil passen. Es würde sie begleiten. Punkt. Sam wusste es nur noch nicht.

Ihr ganzes Leben lang hatte sie immer nachgegeben, niemals aufbegehrt. Sie hatte alles hingenommen. Das Boot, das Sam unbedingt haben wollte – eine verrückte Idee, wo sie doch siebenhundert Kilometer vom nächsten größeren Gewässer entfernt wohnten. Aber sie hatte ihn machen lassen, weil es ihn glücklich machte. Und seine Flugstunden. Sie hatte das nicht gutgeheißen, aber sie hatte ihm auch nicht im Weg gestanden.

Dieses Mal würde sie ihren Willen durchsetzen, sie würde aufbegehren.

Flöckchen war dabei. Es würde mitfahren.

Sam hatte aufgegessen und widmete sich der Landkarte, die auf dem Küchentisch lag. Ein Navi für die Fahrt lehnte er ab. Er wollte immer die ganze Route auf Papier vor sich sehen.

„Wir fahren zuerst nach Memphis", sagte er.

Gertie antwortete nicht. Sie lehnte mit dem Kaffeebecher in der Hand an der Arbeitsplatte. Die Planung dieser Reise belebte Sam. Sie hingegen hätte nichts dagegen, zu Hause zu bleiben.

Als sie damals beschlossen hatten, eine längere Reise im Wohnmobil zu machen, schien es ihnen eine gute Idee zu sein. Abenteuerlich und frei. Doch als Gertie zum ersten Mal in ein Wohnmobil eingestiegen war, hatte sie nicht den gleichen Abenteuergeist verspürt wie ihr Mann.

Sie wäre gern abenteuerlustig. Sie wollte fahren. Aber wenn sie ehrlich war, wollte sie noch viel lieber hierbleiben. Sie wollte ihre Freunde und ihren Garten nicht zurücklassen.

Es ist doch nur für ein paar Wochen, beruhigte sie sich.

„Von Memphis geht es nach Little Rock."

Sam zeichnete die Route mit einem Edding nach. Sie merkte, wie sie mit ihren Gedanken immer weiter abschweifte.

Genug Reiseplanung für heute! Entschlossen ging Gertie ins Wohnzimmer, setzte sich in ihren Lieblingssessel und stellte das Lamm neben sich auf den Boden.

* * * * *

In letzter Zeit hatte sie sich öfter einmal gefragt, wer sie eigentlich war. Früher hatte sie das gewusst. Sie war eine liebende Mutter und Ehefrau. Sie war die Sonntagsschullehrerin in ihrer Gemeinde und ein Mitglied des Strickkreises, der sich regelmäßig am Mittwochabend traf. Das alles schien der Vergangenheit anzugehören.

Noch nie in ihrem Leben hatte sie woanders gelebt als hier in dieser Stadt. Sie war mit dieser Stadt verwachsen. Und jetzt wollten sie losfahren und von Ort zu Ort tingeln. Sam freute sich darauf, aber sie fühlte sich … Ja, wie fühlte sie sich eigentlich?

„Ich habe Angst", gestand sie Flöckchen. Das Lamm blickte sie mit seinen freundlichen Augen an und schwieg. Es war einfach perfekt! Dieses Tier widersprach ihr nie.

Wenn sie versuchen würde, mit Sam über ihre Gefühle zu sprechen, würde er wieder Anstalten machen, alles zu regeln. Vermutlich würde er versuchen, ihr logisch zu erklären, dass es vollkommen normal sei, vor einer großen Reise Angst zu haben. Dann würde er ihr sagen, sie solle sich nicht so viele Gedanken darum machen.

Er wusste immer ganz genau, was sie zu tun und zu lassen hatte.

„Stell dich nicht so an."

„Mach dir nicht so viele Sorgen."

„Mal dir nicht immer das Schlimmste aus."

Flöckchen dagegen hörte ihr einfach nur zu.

Ja, Flöckchen würde sie begleiten.

„Okay!" Sam trat mit seinen Notizen in der Hand und einigen

Büchern unter dem Arm ins Wohnzimmer. „Wir sind so weit!“, sagte er mit einem Strahlen im Gesicht.

Gertie blickte zu ihm hoch. „Wann geht’s los?“, fragte sie.

„Warum sollen wir noch länger warten?“

„Wie meinst du das?“

„Wir brechen morgen früh auf.“

„Morgen schon?“

„Wir haben doch alles zusammengepackt. Jetzt müssen wir es nur noch im Wohnmobil verstauen. Dann kann es losgehen.“

* * * * *

Nachdem Sam zu Bett gegangen war, wickelte Gertie Flöckchen in eine Decke und trug es hinaus zur Einfahrt, wo das fertig gepackte Wohnmobil stand.

Es war dunkel, sie tastete nach dem Türgriff. Die Innenbeleuchtung ging an. Ganz kurz befürchtete sie, Sam könnte das Licht sehen und herauskommen. Aber im Haus blieb es ruhig. Sie trug Flöckchen die Stufen hoch und verstaute es, in seine Decke eingewickelt, unter dem kleinen Tisch, der sich hochklappen ließ. Das war das perfekte Versteck.

Wenn Sam bemerkte, dass Flöckchen mit an Bord war, wäre es zu spät, um es wieder zurückzubringen.

In dieser Nacht fand sie nur wenig Schlaf. Immerzu dachte sie an das Plastiklamm im Wohnmobil, und hier und da kicherte sie sogar wie ein Schulmädchen, das dem Lehrer einen Streich gespielt hatte. Verlor sie langsam den Verstand? Nein, zum ersten Mal, seit sie mit der Planung begonnen hatten, freute sie sich auf die Reise.

Am nächsten Morgen war Sam sehr beschäftigt. Er räumte die Lebensmittel aus dem Kühlschrank ins Wohnmobil. Und er suchte noch einige letzte Dinge zusammen, die sie brauchen würden, außerdem packte er seine Medikamente in den Kulturbeutel.

Summend packte auch Gertie ihre Sachen zusammen.

„Du bist ja so fröhlich“, bemerkte Sam.

„Ja, das bin ich."

„Ich bin froh, dass du keine Angst mehr hast."

„Kein bisschen!"

Und das stimmte. Sie war nicht mehr allein. Sie hatte Flöckchen.

Erst als sie Memphis erreicht hatten, bemerkte Sam ihren blinden Passagier. Sie hatten das Wohnmobil auf dem Campingplatz abgestellt. Sam war damit beschäftigt, den kleinen Campingtisch und die Stühle aufzustellen, die sie mitgenommen hatten. Gerade zog er die Markise heraus, als Gertie Flöckchen nach draußen brachte und neben einen Campingstuhl stellte.

„Was macht das Lamm hier?" Sam hielt in der Bewegung inne und schaute sie an. „Wir hatten doch beschlossen, dass es zu Hause bleibt."

„Nein, *du* hattest das beschlossen."

Sam schüttelte den Kopf.

Gertie ließ sich in ihrem Stuhl nieder und plante fröhlich den Tag.

* * * * *

Schließlich fügte sich Sam seinem Schicksal. Sogar als sie Graceland besichtigten, das Zuhause von Elvis, war Flöckchen dabei. Gertie fotografierte es in Elvis' Wohnzimmer. Sie bat Sam, ein Foto von ihr mit Flöckchen zu knipsen, und er erfüllte ihre Bitte. Dann überraschte er sie, als er einen Fremden bat, ein Foto von ihnen dreien zu machen. Gertie strahlte über das ganze Gesicht.

Auf der Reise wurde Flöckchen tatsächlich ihr Maskottchen. In Arkansas fotografierten sie es in den Ozark Mountains. In Oklahoma City im Cowboy-Museum, mit einem kleinen Cowboyhut auf dem Kopf. In Amarillo stellten sie es neben die Cadillacs. Es war bei ihnen auf den Highways und an den Raststätten. Es bewunderte mit ihnen zusammen die wunderschöne Landschaft. Auf jeder Etappe der Reise achtete Gertie darauf, dass Flöckchen dabei war.

Der Höhepunkt ihrer Reise – und gleichzeitig die vorletzte Station – war der Grand Canyon. Gertie und Sam standen auf der

Aussichtsplattform und bestaunten die Erhabenheit und Schönheit des Canyons. Kein Gedanke an Fotos. Kein Foto könnte dieses Bild richtig einfangen.

Sie befanden sich bereits auf halbem Weg nach Sedona, als Gertie nach Luft schnappte.

Sam blickte zu ihr herüber. „Was ist los?“

Sie packte sich an die Brust. Ein schreckliches Gefühl kroch in ihr hoch, und sie brachte keinen Ton heraus.

„Hast du Schmerzen?“, fragte Sam. „Sollen wir –“

„Flöckchen!“, rief Gertie verzweifelt.

Sie konnte sich nicht erinnern, es beim Grand Canyon wieder ins Wohnmobil gepackt zu haben. Sie drehte sich um zu der Stelle zwischen den Sitzen, wo das Lamm fast dreitausend Kilometer lang gestanden hatte. Leer. Kein Flöckchen. Schnell schnallte sie sich ab und kletterte nach hinten.

„Was ist los?“, rief Sam ihr zu. Er setzte den Blinker und fuhr auf einen Parkplatz.

„Flöckchen. Ich bin ziemlich sicher, dass ich es bei der Aussichtsplattform vergessen habe.“

Schweigen.

„Wegen eines Plastiklamms fahre ich jetzt nicht fast hundert Kilometer zurück. Das Benzin allein würde –“

„Es gehört zu den Krippenfiguren der Gemeinde“, erklärte Gertie, aber sie wusste, dass mehr dahintersteckte. Flöckchen war für sie wie ein richtiges Haustier, und auf keinen Fall würde sie es zurücklassen.

„Wir können doch ein neues Lamm kaufen. So etwas finden wir im Internet. Ich mache mich gleich auf die Suche.“

Eifrig griff er nach seinem Handy.

„Nein.“

„Komm schon, Gertie. Lass uns weiterfahren.“

„Nein!“, widersprach sie noch einmal, dieses Mal mit erstaunlich fester Stimme.

Sam atmete ein paarmal tief durch. Zorn stieg in ihm auf. Dieses Plastiklamm hatte sie die ganzen Ferien über begleitet. Auf der

Hälfte der Fotos war es mit drauf! Es hatte auch ihm Spaß gemacht, das musste er zugeben, aber das hier ging zu weit.

Er starrte seine Frau an, mit der er seit fünfundvierzig Jahren verheiratet war. Es gab wenig, was sie entschieden durchgesetzt hatte, aber an ihrem Gesichtsausdruck merkte er, dass sie in dieser Sache nicht nachgeben würde. Er musste zurückfahren. Und das ärgerte ihn.

„Also gut!", fuhr er sie an. „Aber ich frage mich, ob du auch so dringend zurückfahren wolltest, wenn *ich* dort zurückgeblieben wäre."

„Sam, das ist nicht fair", sagte sie, doch er konzentrierte sich auf die Straße.

Vielleicht stimmte es. Sie war mit der Reise nicht einverstanden gewesen. Es war ihr schwergefallen, ihre vertraute Umgebung hinter sich zu lassen. Sie hatte sich verloren und nicht geliebt gefühlt, hatte den Eindruck gehabt, dass ihre Wünsche und Gefühle Sam nicht interessierten. Dass sie *niemanden* interessierten.

* * * * *

Auf der langen Fahrt zurück zum Grand Canyon sagte keiner von ihnen ein Wort, und als sie auf den Parkplatz fuhren, stand Flöckchen noch genau da, wo sie es abgestellt hatten, und bestaunte die Schönheit des Canyons. Nur dass der Ausblick jetzt, da die Sonne hinter den Felsen unterging, noch spektakulärer war.

Schweigend stieg Gertie aus dem Wohnmobil aus und setzte sich auf den großen Felsbrocken neben Flöckchen. Der Streit mit Sam tat ihr leid. Sie kämpfte mit den Tränen.

Während sie auf dem Felsen saß und den Anblick bewunderte, fühlte sie sich klein. Nicht unbedeutend, aber überwältigt von der majestätischen Anmut dieses Ortes. Als die Sonne unterging, explodierte der Canyon geradezu in einem prächtigen Farbenspiel. Rosa und Purpur färbten die Gipfel und Felsspalten.

Gertie saß reglos da und wartete auf Sam. Würde er zu ihr kommen? Liebte er sie überhaupt noch? Nach all den Jahren fragte sie sich das auf einmal …

Sie legte die Hand auf Flöckchens Kopf und dachte darüber nach, warum sie so starke Gefühle für dieses kleine Plastiklamm entwickelt hatte. Sie dachte an die Geburt Jesu und das Lamm, das den Hirten zu Jesus folgte. Ihr ganzes Leben lang war sie wie ein Schaf durchs Leben geirrt, geleitet nur von den Erwartungen anderer. Zuerst von den Erwartungen ihrer Eltern, dann von Sams, dann von den Erwartungen der Gesellschaft an sie als Ehefrau und Mutter. Und jetzt, da eine neue Lebensphase für sie begonnen hatte, fühlte sie sich orientierungslos und verloren. Wie ein Schaf, das sich von seiner Herde entfernt hatte.

Aus irgendeinem Grund fühlte sie sich mit diesem kleinen Lamm verbunden. Es stand für alles, was sie im Laufe der Jahre hatte loslassen müssen.

Sie dachte an die Schafe, die sich außerhalb der Stadt Bethlehem nachts im kalten Winter auf der Weide an den Hirten gedrängt hatten. Wie beängstigend musste das gewesen sein, als der Himmel hell wurde und die Engel zu singen begannen.

Dann plötzlich der Aufbruch zum Stall. Das hatte die Schafe bestimmt verunsichert. Eigentlich war jetzt Schlafenszeit. Ihr Leben verlief in einem bestimmten Rhythmus. Aber der Hirte hatte den Rhythmus ihres Schaflebens geändert, und auf einmal standen sie vor der Krippe … in der Gegenwart des Retters der Welt.

Vielleicht war das alles gar nicht so schlimm. Vielleicht sollte Gertie diese neue Phase ihres Lebens gelassen annehmen. Sich der Veränderung stellen.

Sam kam auf sie zu und setzte sich schweigend neben sie. Er hatte das mit der Veränderung geschafft. Und wenn er sie nicht zu dieser Reise gedrängt hätte, hätte sie diesen großartigen Anblick verpasst. Die Schönheit des Canyons war überwältigend. Rosa und Purpur gingen in Orange über, als die Sonne hinter dem Plateau immer tiefer sank. Als hätte Gott den Pinsel in den Farbtopf getaucht und mit einem einzigen, gekonnten Strich etwas atemberaubend Schönes geschaffen. Um ihr, Gertie, zu sagen: *Ich bin hier. Du fühlst dich vielleicht klein und unbedeutend. Aber ich bin bei dir. Du kannst mir dein Leben anvertrauen.*

Es tat ihr leid, dass sie so wütend auf Sam gewesen war.

Aber dass sie Flöckchen auf diese Reise mitgenommen hatte, das tat ihr nicht leid. Dieses Plastikschaf hatte ihr geholfen, ihre einfältige Einstellung zu ihrem Leben zu erkennen. Sie hatte erkannt, wie winzig klein sie im Vergleich zu Gottes Größe und Majestät war. Und dass sie ihm dennoch – oder gerade deshalb! – ihr Leben anvertrauen durfte.

„Danke, Herr", flüsterte sie.

Jesus war ihr immer ein treuer Hirte gewesen. Er hatte sie sicher geführt und war immer noch an ihrer Seite. Und seit heute wusste sie: Er hielt noch mehr für sie bereit. Sie brauchte nicht krampfhaft an ihrem alten Leben festzuhalten.

„Gertie?", unterbrach Sam die Stille zwischen ihnen.

„Es tut mir leid, Sam."

Sam legte den Arm um sie. „Mir auch. Wenn du möchtest, kaufe so ein Schaf für dich. Du kannst hundert Schafe haben, wenn dich das glücklich macht."

Gertie ergriff seine Hand.

„Ich möchte mich nur gesehen und geliebt fühlen."

„Das bist du", sagte Sam.

Gertie nahm die Worte in sich auf. Ja, sie war gesehen und geliebt. Von Sam und vor allem von Gott, der ihr auch dann noch seine vollkommene Liebe schenkte, wenn die menschliche Liebe wieder einmal versagte.

„Ich weiß", erwiderte sie.

Gemeinsam beobachteten Gertie und Sam, wie der Himmel dunkler wurde, bis die Sonne vollständig am Horizont versunken war.

Endlich konnte sie alles loslassen. Sie brauchte nicht Ehefrau oder Mutter oder eine Haustierbesitzerin sein, um geliebt zu sein. Sie brauchte nicht einmal ein kleines Plastiklamm, um das Gefühl zu haben, geliebt zu sein.

Ihr Hirte hatte ihr seine Liebe gezeigt, und die war vollkommen.

* * * * *

In der Zwischenzeit in der Suppenküche …

Die Suppenküche war weihnachtlich geschmückt. Lichterketten hingen über der Essensausgabe. Ein kleiner künstlicher, mit einer goldenen Girlande und roten Kugeln geschmückter Baum stand in der Ecke des Speisesaals.

„Bald ist Weihnachten“, sagte Alfred, der ein Tablett in Händen hielt.

„Das bedeutet nur, dass es draußen noch kälter wird.“ Maggie ging mit ihrem Tablett neben ihm her. Sie trug eine Wollmütze und einen Wollmantel, der ihr zwei Nummern zu groß war.

„Ich fürchte, dieses Jahr wird es richtig übel.“

Alfred und Magie steuerten einen der leeren Tische neben dem Weihnachtsbaum an und ließen sich dort nieder.

Alfred rührte in der Styroporschale und begutachtete die Suppe mit Hähnchen- und Karottenstücken. Heute war das Essen gut. Es gab Fleisch. Und Brötchen, Butter und zum Dessert Kekse.

Er steckte die Brötchen und die Kekse in seine Jackentasche. Das würde er für später aufheben.

„Da liegt etwas unterm Baum“, sagte Maggie.

Tatsächlich, unter dem Baum lag das Jesuskind auf einer Decke.

„Das ist Jesus“, bemerkte Alfred.

„Er wirkt irgendwie einsam“, erwiderte Maggie, während sie das Jesuskind eingängig betrachtete.

„Alle hier sind einsam“, sagte Alfred.

„Schon. Ich frage mich nur, wo Maria und Josef sind. Jesus hätte sie sicher gern bei sich“, mutmaßte Maggie.

„Er hat doch uns.“

„Das stimmt. Er hat uns“, wiederholte Maggie und fühlte sich ein wenig besser.

Sie lächelte. Als Kind hatte sie die Geschichten von Jesus immer gern gehört. Später hatte sie der Gedanken an ihn so manches Mal getröstet, wenn es ihr nicht gutgegangen war.

„Ja“, sagte sie. „Er hat uns, und wir haben ihn.“

„Über wen sprecht ihr gerade?“, fragte Walter. Er stellte sein Tablett auf den Tisch und ließ sich auf dem Klappstuhl nieder. „Wer hat uns?“, fragte er.

Alfred schob sein Tablett ein wenig zur Seite, um Platz für Walter zu machen.

„Jesus.“

„Wie kommt ihr jetzt darauf?“

Alfred und Maggie deuteten auf den Weihnachtsbaum.

Walter folgte ihrem Blick – und stellte verwundert fest, dass niemand Geringeres als das Jesuskind darunter lag.

„Na sieh mal einer an!“, sagte er. „Das ist ja das Jesuskind!“

„Kennst du es?“, fragte Alfred.

„Ja, ich kenne es“, erwiderte Walter und lächelte, weil er etwas wusste, was die anderen nicht wussten, nämlich dass das Jesuskind jetzt nach Hause zurückkehren würde.

Kapitel 13

Der Engel

Plötzlich trat ein Engel des Herrn zu ihnen, und die Herrlichkeit des Herrn umstrahlte sie. Die Hirten erschraken sehr, aber der Engel sagte: „Fürchtet euch nicht! Ich verkünde euch eine Botschaft, die das ganze Volk mit großer Freude erfüllen wird."
Lukas 2,9–10

Es war noch dunkel, als Snowy die Tür zu ihrer Bäckerei aufschloss und drinnen das Licht einschaltete. Drei Uhr morgens. Der Tag einer Bäckerin begann früh. Heute wollte sie Ingwerscones backen. Frischer und kandierter Ingwer lagen schon bereit. Ein Hauch geriebene Orangenschale würde das Gebäck abrunden.

Sie liebte die Stille am frühen Morgen. Etwas Verheißungsvolles lag darin.

Der Engel aus Plastik, der ihr auf der Arbeit Gesellschaft leistete, hielt seine Trompete fest an die Lippen gedrückt. Sein weißes Gewand flatterte im nicht vorhandenen Wind.

Pastor Higgins hatte den Engel im vergangenen Monat vorbeigebracht. Snowy hatte ursprünglich vorgehabt, die Figur in der Vorratskammer unterzubringen, aber sie passte so gut in den Verkaufsraum der Bäckerei, dass sie sie dort stehen gelassen hatte. Der Engel behielt die Kunden für sie im Blick.

„Guten Morgen", sagte sie zu dem Himmelsboten. Dass der Engel ihr Gesellschaft leistete, war tröstlich für sie. In letzter Zeit hatte sie sich sehr einsam gefühlt.

Snowy steckte den Stecker in die Steckdose, und der Engel leuchtete auf. Sein Strahlen lockte die Gäste durch das Schaufenster an und schien sie zu seinem Licht zu ziehen.

„Bitte, pass auf mich auf“, sagte sie zu dem Engel, „und auf Marlene.“ Natürlich wusste sie, dass die Plastikfigur sie nicht beschützen konnte, aber sie erinnerte Snowy daran, dass es einen Gott gab, der seine Engel aussandte, um die Menschen zu beschützen.

Snowy durfte jetzt nicht an Marlene denken. Seit Wochen hatte sie nichts mehr von ihr gehört. Ihre E-Mails waren nicht beantwortet worden, und ihr Brief war ungeöffnet zurückgekommen. Auch telefonisch hatte sie das Mädchen nicht erreicht.

* * * * *

Der Engel mit seiner Posaune schien etwas Wichtiges ankündigen zu wollen.

Am ersten Weihnachten der Weltgeschichte war es die Geburt des Christuskindes gewesen.

Snowy stellte sich vor, wie der Engel Maria erschien und ihr die Nachricht überbrachte, dass sie bald Mutter werden würde. Und sie dachte an die Engelchöre, die Gott lobten und den Hirten verkündeten, sie würden ein Baby finden, in Windeln gewickelt und in einer Krippe liegend.

Sie erinnerte sich an ihren Vater und daran, wie er ihr die alten Worte der Bibel in ihrem gemütlichen Wohnzimmer vorgelesen hatte.

„Welche gute Nachricht hast du für mich?“, fragte sie den Engel, aber sie erhielt keine Antwort.

In letzter Zeit hatte sie sich so einsam gefühlt wie nie zuvor. Das Leben erschien ihr leer. Ihre Mutter und ihr Vater waren immer für sie da gewesen. Nach ihrem Tod hatte Snowy all ihre Kraft darauf verwandt, eine eigene Bäckerei zu eröffnen und in der Stadt Fuß zu fassen. Die liebevollen Details des gemütlichen Innenraums zu planen, hatte ihr unglaubliche Freude bereitet. Und auch auf die Zusammenstellung der angebotenen Backwaren hatte sie ein besonderes Augenmerk gelegt.

Die Menschen sollten sich bei ihr wohlfühlen, wenn auch nur für ein paar Minuten am Morgen. Mit dieser Bäckerei war ihr größter Wunsch in Erfüllung gegangen, und der Erfolg schien ihr recht zu geben. Inzwischen hatte sie jede Menge Stammkunden.

Woran lag es also, dass sie sich so leer fühlte? Es lag an Marlene. Der Kontakt zu ihr hatte alles verändert …

* * * * *

Als Snowy den ersten Brief von Marlene bekommen hatte, war auf einen Schlag alles anders gewesen.

Dass Snowy adoptiert worden war, hatte sie immer gewusst, und bis zu diesem Zeitpunkt war das für sie auch kein Problem gewesen. Ihre Eltern waren die besten Eltern gewesen, die sie sich hätte wünschen können. Gott hatte sie für sie ausgesucht.

Wie sorgfältig Gott auch die Eltern für Jesus ausgesucht hatte, dachte Snowy in diesem Moment. Und wie fürsorglich von ihm, dass er Engel zu den Menschen schickte, um diesen gute Nachrichten zu überbringen oder sie in ihrer Angst und ihren Sorgen zu beruhigen.

Wenn Gott mit Snowy doch nur genauso klar und deutlich kommunizieren würde …

In letzter Zeit war sie zunehmend unsicher. War es nun gut, dass ihre leiblichen Eltern sie fortgegeben und Marlene bei sich behalten hatten? Wer gab denn ein Kind weg und behielt das andere?

Snowy hatte sich von ihrer leiblichen Mutter immer abgelehnt gefühlt, und in letzter Zeit fühlte sie sich auch von Gott abgelehnt. Hatte er sie als einzige in der Familie vergessen?

„Welche gute Nachricht hast du für mich?", fragte sie den Engel erneut.

Doch wieder blieb es still.

* * * * *

Snowy schaltete die Musik ein und machte sich in der Backstube an die Arbeit, heizte die Backöfen an, legte sich die Zutaten zurecht und gab eine Filtertüte in die Kaffeemaschine. Kurz darauf erfüllte der Duft von frischem Kaffee den Raum.

Snowy goss sich eine Tasse ein und vertiefte sich am Tresen sitzend in ihre Rezepte. Zuerst musste sie den Teig für die Zimtbrötchen machen, damit er Zeit hatte, um zu gehen. Dann kamen die Ingwerscones und die Zimtmuffins dran. Während diese im Ofen backten, würde sie die Zimtbrötchen formen. Es war wie ein Tanz. Jeder Handgriff zu seiner Zeit und mit der nötigen Ruhe und Gelassenheit.

Der frühe Morgen gehörte ihr ganz allein. Gegen sieben Uhr würde Mr Wetherington kommen und seine Tasse extra schwarzen Kaffee bestellen, und bald darauf würden die ersten Kunden eintreffen. Sie würden zusammenstehen und sich unterhalten, wie eine große Familie. Auch Snowy und Katie gehörten dazu. Dieser Laden war für sie wie ein Zuhause, in dem man lieb gewonnene Menschen an seinem Leben teilhaben ließ.

In ihrem eigentlichen Zuhause hatte sie zusammen mit Mama und Papa gewohnt, und sie hatte nicht ein einziges Frühstück mit ihnen verpasst. Und als ihre Eltern dann so schwach gewesen waren, dass sie sich nicht mehr selbst versorgen konnten, war sie immer für sie da gewesen und hatte ihnen ihr Lieblingsfrühstück bestehend aus Rührei, Toast, Marmelade und heißem Tee zubereitet.

Jetzt war das hier Snowys Zuhause. Katie, ihre Mitarbeiterin und inzwischen auch gute Freundin, würde später dazukommen, um ihr an der Theke zu helfen.

Katie war auch bei ihr im Laden gewesen, als Snowy den ersten Brief von Marlene erhalten hatte.

Snowy war hinten in der Backstube und sehr erstaunt gewesen, als Katie ihr das Einschreiben gezeigt hatte. Dieser Augenblick hatte ihre Welt für immer verändert.

„An jenem Tag erklang keine Posaune“, sagte sie zu dem Engel.

Die Worte in dem Brief waren ihr durch und durch gegangen. *Ich bin deine Schwester.* Auch Fotos hatte sie beigelegt. Wenn Snowy noch irgendeinen Zweifel gehabt hatte, dass der Inhalt dieses Briefes der Wahrheit entsprach, hatten die Bilder ihn endgültig ausgeräumt. Alle Mitglieder der Familie hatten weißblonde Haare, genau wie Snowy.

Trotzdem fiel es ihr schwer, das zu begreifen. Sie hatte eine Schwester, eine leibliche Schwester.

* * * * *

Während die Backöfen weiter aufheizten, begann Snowy, den Teig für die Zimtbrötchen herzustellen. Sie gab das Mehl in die große Knetmaschine und fügte Wasser, Zucker und Hefe hinzu. Dann schaltete sie die Maschine ein, die sich mit einem lauten Ächzen in Bewegung setzte. Dieses Geräusch war wie Musik in Snowys Ohren. Bald war der Teig fertig und konnte gehen.

In Bezug auf ihre Adoption waren ihre Eltern ihr gegenüber immer ehrlich gewesen. Sie hatten ihr nichts verheimlicht. Bereits als Baby hatten sie Snowy bei sich aufgenommen.

Den Wunsch, ihre leibliche Familie kennenzulernen, hatte Snowy nie verspürt. Doch nach dem Brief, und erst recht nachdem sie mit Marlene telefoniert hatte, wuchs in ihr eine tiefe Sehnsucht nach ihrer Ursprungsfamilie. Diese Sehnsucht hatte sie seitdem nicht mehr losgelassen.

Sie schaute hinaus in den Verkaufsraum. Er erinnerte sie sehr an Mama und Papa. So viele ihrer Sachen zierten die Wände. Ihre Flickenteppiche lagen auf dem Fußboden. Auch der kleine Tisch mit den vier Stühlen stammte aus ihrem Haus.

Nach dem Tod ihrer Eltern hatte sie das Haus und die Möbel

geerbt. Aber vollkommen verblüfft war sie gewesen, als sie erfahren hatte, wie viel Geld Papa für sie gespart und ihr hinterlassen hatte. Es war so viel, dass sie das *Snowys* hatte eröffnen können. Sie hatte das Gebäude gekauft und die darüber liegende Wohnung renoviert.

Schon immer war es ihr Traum gewesen, eine eigene Bäckerei zu besitzen, und nach ihrer Ausbildung zur Bäckerin hatte sie in einem Restaurant gearbeitet.

In all den Jahren hatten Mama und Papa ihr immer mit Rat und Tat zur Seite gestanden. Wie sehr sie doch wünschte, sie wären jetzt hier bei ihr! Sie brauchte jemanden zum Reden, jemanden, der ihr einen guten Rat geben konnte.

* * * * *

Tatsächlich hatte Snowy darüber nachgedacht, nach Florida zu fliegen, um Marlene zu suchen, aber sie wüsste doch gar nicht, wo sie anfangen sollte.

Ihre jüngere Schwester und sie waren sich bisher noch nicht begegnet. Sie hatte nur ihre Briefe und eine Reihe von E-Mails bekommen. Und dann plötzlich nichts mehr.

Durch die Mails und Fotos hatte sie teilgehabt an Marlenes Leben – und sie hatte ihre kleine Schwester lieb gewonnen. Marlene war erst fünfzehn, und was sie ihr schrieb, erinnerte Snowy daran, wie schwierig diese Jahre bei ihr selbst gewesen waren. Dennoch hatten Marlenes Briefe stets optimistisch und positiv geklungen.

Hallo, Schwesterchen, begann Marlene immer. Dann erzählte sie Snowy, was in ihrem Leben geschah.

Ich lebe auf der Farm von Tante Marge und Onkel Bob. Es ist wie im Film, so viele Tiere und Pferde gibt es hier. Tante Marge ist eine tolle Köchin. Gestern Abend hat sie einen unglaublich leckeren Schmorbraten aus dem Ofen gezaubert, mit Kartoffeln und Soße. Sie bringt mir das Kochen bei.

Snowy mochte die Geschichten, die Marlene ihr von ihrem Leben auf der Farm erzählte, aber gleichzeitig verspürte sie auch

Einsamkeit, wenn sie sich vorstellte, wie alle zusammen am Tisch saßen und zu Abend aßen, während sie allein war.

Marlene war ein hübsches Mädchen. Im nächsten Jahr würde sie zur Highschool gehen. Sie war dabei, erwachsen zu werden, und das letzte Mal hatte sie Snowy ein Foto geschickt, auf dem sie ihre weißblonden Haare kurz geschnitten und mit Gel zu Stacheln geformt hatte.

Snowy hatte bereits ein Treffen mit ihrer Schwester vereinbart und die Reise geplant gehabt, darum war sie überrascht gewesen, als keine Fotos und E-Mails mehr von ihr gekommen waren. Warum? Sie fragte sich, was wohl mit ihrer Schwester geschehen war. Gemeinsam hatten sie beschlossen, sich einmal „live" zu treffen, doch dann war plötzlich der Kontakt abgebrochen.

Immer wieder probierte Snowy es und schickte eine Mail nach der anderen, aber irgendwann kamen ihrer Nachrichten zurück mit der Info, dass es die Empfängeradresse nicht mehr gebe. Vielleicht hatte Marlene kalte Füße bekommen. Vielleicht hatte Snowy etwas Falsches gesagt. Vielleicht hatte Marlene aber auch einfach das Interesse an ihr verloren. Vielleicht hatte sie einen Unfall gehabt. Es gab so viele unbeantwortete Fragen.

Auch Snowys Anrufe führten ins Leere, der Anschluss existierte offenbar nicht mehr. Snowy versuchte, Tante Marge und Onkel Bob ausfindig zu machen, doch sie waren nirgendwo gemeldet. Es war, als würden sie gar nicht existieren. Das war Snowy ein Rätsel, und sie wusste nicht, was sie davon halten sollte.

Marlene schien sich von ihr abgewendet zu haben, genau wie ihre leiblichen Eltern.

* * * * *

Snowy rieb Orangenschalen und erfreute sich an dem frischen herben Geruch. Dann schnitt sie den kandierten Ingwer klein und schälte den frischen. Die Scones würden unglaublich lecker werden. Sie stellte die Zutaten für die Zimtmuffins bereit und begann, den

Teig für die Zimtbrötchen durchzukneten. Während sie den Teig für die Muffins mischte, ließ sie den Brötchenteig ein weiteres Mal gehen.

Sie musste sich dringend ein paar Weihnachtsspezialitäten überlegen. Alle liebten ihren Weihnachtstee, den sie immer über die Feiertage anbot. Den würde es also auch in diesem Jahr geben. Und natürlich würde sie Pfefferkuchen backen. Außerdem nahm Snowy sich vor, ein paar neue Ideen für ihre Muffins zu entwickeln: Lebkuchenmuffins mit Zuckerstangenglasur. Rentierkekse mit einem Tupfer rotem Zuckerguss auf der Nase – es gab so viele Möglichkeiten!

Draußen an der Hintertür ertönte ein lautes Scheppern. Sie legte die Reibe aus der Hand und lauschte. Noch ein Scheppern.

Die Mülltonnen, dachte sie zunächst. Doch es war erst vier Uhr morgens – viel zu früh für die Müllabfuhr. *Vielleicht eine Katze oder ein Waschbär.* Ihr Blick wanderte zur Hintertür, und sie überlegte, nach draußen zu gehen und das Tier zu verscheuchen. Aber es war immer noch stockdunkel, und ein bisschen Angst hatte sie auch … Jetzt klopfte es an der Hintertür. Sie wich einen Schritt zurück.

Stand da etwa jemand vor der Tür? War es gar kein Tier? Schnell holte sie ihr Handy aus der Tasche. Noch wollte sie nicht die Polizei rufen, aber es konnte nicht schaden, darauf vorbereitet zu sein.

* * * * *

Snowy atmete tief durch und öffnete die Tür.

Ein Mädchen stand auf der Treppe. Ein Mädchen mit weißblonden Haaren.

„Marlene?!“

Snowy traute ihren Augen nicht. Ihr blick fiel auf den Schlafsack, den ihre kleine Schwester dabei hatte.

„Ich bin von zu Hause weggelaufen“, sagte Marlene. „Du musst mir helfen.“

Draußen war es so kalt, dass sie zitterte. Ihre Haare standen in

Stacheln vom Kopf ab, genau wie auf dem letzten Foto. Ein silberner Ring zierte ihre Nase, dunkle Ringe lagen unter ihren Augen, und sie wirkte hilflos und vollkommen verängstigt.

Snowy schloss Marlene in die Arme. Das Mädchen klammerte sich so fest an sie, dass sie kaum noch Luft bekam.

„Hab keine Angst. Jetzt bist du in Sicherheit“, beruhigte Snowy sie. Aber sie war selbst nicht von ihren Worten überzeugt.

Sie zog ihre Schwester sanft in die Backstube. Dann holte sie auch noch Marlenes Schlafsack und die Plastiktüte mit ihren Kleidern und persönlichen Sachen herein. Viel besaß sie wirklich nicht.

„Wie bist du hierhergekommen?“

„Mit dem Bus.“

„Was ist passiert?“

Marlene antwortete nicht.

„Wo willst du hin?“

Snowy feuerte eine Frage nach der anderen auf das Mädchen ab, dann zügelte sie sich. Alles der Reihe nach!

„Geht es dir gut?“, fragte sie nun vorsichtig und bückte sich, um ihrer Schwester in die Augen zu schauen.

„Ja“, erwiderte Marlene. „Jetzt, wo ich bei dir bin, ist alles gut.“

Kurz darauf saßen sie mit einer Tasse heißem Tee, Rühreiern und Zimtbrötchen im Gastraum.

Snowy übte sich in Geduld und ließ Marlene die Zeit, die sie brauchte, bis sie bereit war, ihre Geschichte zu erzählen.

„Wer ist das?“ Marlene deutete auf den Engel.

„Das ist Gabriel“, erklärte Snowy. „Ein Engel aus der Weihnachtsgeschichte in der Bibel.“

„Ich habe ihn durchs Schaufenster gesehen. Da wusste ich, dass alles gut wird.“

Snowy hatte keine Ahnung, ob alles gut werden würde oder nicht.

Eine Weile schwiegen sie.

„Es gibt Tante Marge und Onkel Bob gar nicht, oder?“

Marlene schüttelte den Kopf.

„Vertraust du mir?“, fragte Snowy schließlich.

Marlene nickte. „Es tut mir leid", sagte sie. „Ich wollte nicht, dass du dir Sorgen um mich machst. Nach Mamas Tod wurde das Jugendamt verständigt, aber ich wollte nicht mitgehen. Ich habe bei einer Freundin gewohnt und auf ihrem Sofa geschlafen. Gearbeitet habe ich in einem Café in der Stadt, und solange ich meinen Job hatte, war alles gut. Ich konnte davon leben. Doch dann machte das Café zu, und ich verlor meinen Job. Von da an ist alles bergab gegangen."

„Warum hast du mir nichts davon erzählt?"

„Du hast doch dein eigenes Leben. Du weißt nicht, wie es war, bei Mama und Papa zu leben."

„Dann erzähl mir davon … bitte", sagte Snowy vorsichtig.

„Es war immer … unsicher. Und chaotisch. Es gab nie genug zu essen oder genügend Geld zum Leben."

Marlene wirkte so erschöpft, dass Snowy es nicht übers Herz brachte, ihr noch mehr Fragen zu stellen. Sie brachte Marlene hoch in ihre kleine Wohnung.

„Fühl dich wie zu Hause", sagte Snowy. „Du kannst duschen, wenn du möchtest, und dann wieder herunterkommen oder ein wenig schlafen. Was immer du magst."

Marlene umarmte sie erneut lange und fest. Snowy umarmte sie ebenfalls, fragte sich aber gleichzeitig, wie das alles wohl enden würde.

Schnell eilte Snowy in die Backstube zurück, um ihr Gebäck fertigzustellen. Sie machte sich wieder an die Arbeit, aber in Gedanken war sie die ganze Zeit bei Marlene.

Sie musste jetzt das Richtige für ihre Schwester tun, aber was war das Richtige?

* * * * *

Die Türglocke läutete, und Katie eilte in den Laden. „Guten Morgen", rief sie, warf einen Blick auf Snowy und blieb abrupt stehen. Ihre Sachen legte sie auf dem Tresen ab.

„Was ist los?"

„Was meinst du?"

Der Duft angebrannter Zimtbrötchen wehte von der Backstube herein.

Katie rannte los und zog die Brötchen aus dem Ofen. Sie öffnete die Hintertür, damit der Rauch abziehen konnte.

„Du hast noch nie etwas verkohlen lassen", sagte Katie. „Also, was ist los?"

„Meine Schwester ist hier."

„Was? Wo ist sie?"

„Oben."

„Okay." Katie band sich ihre blaugestreifte Schürze um. „Ich kümmere mich um die Bäckerei. Du tust, was du tun musst."

„Ich weiß gerade nicht genau, was das ist."

Die Türglocke läutete erneut, und Mr Wetherington betrat die Bäckerei. Noch bevor er es sich an dem kleinen Tisch in der Ecke gemütlich gemacht hatte, hatte Katie ihm bereits einen Kaffee eingeschenkt.

Mr Wetherington war Rechtsanwalt.

„Guten Morgen, Mr Wetherington, darf ich Sie mal etwas fragen?", fragte Snowy vorsichtig.

„Aber sicher, worum geht es denn?"

„Ich habe ein Problem."

Er rückte einen Stuhl für sie zurecht. Snowy ließ sich darauf nieder und erzählte ihm alles.

„Wo ist sie jetzt?"

„Oben."

„Wir werden das Problem gemeinsam lösen", erklärte er.

Eine schwere Last fiel von Snowys Schultern ab. Katie hatte die Küche übernommen. Mr Wetherington würde ihr mit Marlene helfen. Auf einmal fühlte sie sich nicht mehr so allein.

„Snowy?" Marlene kam herunter ins Café. Sie hatte geduscht und sich umgezogen. „Kann ich dir helfen?"

„Setz dich", forderte Snowy sie auf. „Das ist Mr Wetherington. Er ist Rechtsanwalt und wird uns helfen."

Kurz darauf war Marlenes Geschichte erzählt, und Mr Wetherington telefonierte mit einem seiner Kollegen in Florida.

„Sie müssen entscheiden, was zu tun ist“, sagte er schließlich. „Sie sind Marlenes leibliche Schwester. Sie könnten die Vormundschaft übernehmen. Marlene könnte bei Ihnen leben, wenn Sie das möchten. Aber eine Vormundschaft bringt auch große Verantwortung mit sich, darüber sollten Sie sich im Klaren sein.“

Snowy atmete tief durch. Gerade war ihr alles zu viel. Ihre Welt war schon einmal auf den Kopf gestellt worden, als sie erfahren hatte, dass sie eine Schwester hatte. Und jetzt wurde sie durch Marlenes Ankunft noch einmal auf den Kopf gestellt. Fühlte sie sich dazu in der Lage, die Verantwortung für einen Teenager zu übernehmen?

„Ich muss darüber nachdenken“, antwortete sie deshalb nur.

„Ich weiß, das ist eine schwerwiegende Entscheidung“, sagte Mr Wetherington. „Denken Sie in aller Ruhe nach und beten Sie darüber.“

Snowy schaute ihn erstaunt an. Diesen Rat hatte sie von einem Anwalt nicht erwartet, aber vermutlich war es wirklich das Beste, was sie in dieser Situation tun konnte.

„Wie lange habe ich Zeit?“

„Wenn die Polizei in Florida bereits nach ihr sucht, werden sie verlangen, dass sie möglichst bald zurückkommt oder dass es zumindest einen Plan gibt, wie es weitergehen soll.“

Snowy nickte.

Sie schnappte sich ihre Jacke und stieg hinauf die Dachterrasse. Von dort aus konnte man die ganze Stadt überblicken. Überblick, Weitblick, das brauchte sie jetzt dringend.

Der Gedanke, Marlene eine Mutter zu sein, bereitete ihr Unbehagen. Ihre Schwester war ein Teenager, der sie bereits belogen und ihr nicht vertraut hatte. Keine gute Ausgangssituation für eine enge Beziehung … Und könnte sie von ihrem Einkommen aus der Bäckerei überhaupt noch eine zweite Person ernähren?

„Herr“, betete sie. „Was soll ich tun? Ich habe Angst.“

Der Engel. Sie erinnerte sich an den Engel und an seine Worte. In der Bibel stand auch, dass ein Engel kommen und alles gut machen konnte. Der Engel, der zu Maria und den Hirten gekommen war, hatte ihnen den nötigen Mut gegeben, die Dinge zu tun, die Gott ihnen aufgetragen hatte. Ein Baby zu bekommen. Mitten in der Nacht an einen anderen Ort zu ziehen.

Die ersten Worte des Engels zu Maria und den Hirten waren: „Fürchtet euch nicht." Gott wusste schon vorher, wie verunsichert sie sein würden.

Der Engel war genau zum richtigen Zeitpunkt zu Snowy gekommen. Zu einem Zeitpunkt, an dem sie die Zusicherung brauchte, dass Gott bei ihr war.

Plötzlich breitete sich Frieden in ihr aus.

Wenn Gott bei ihr war, dann gab es nichts, was sie nicht schaffen konnte. Sie brauchte keine Angst zu haben.

* * * * *

Snowy ging wieder nach unten in die Bäckerei, wo Marlene bereits auf sie wartete.

Der Engel leuchtete, und sein Anblick gab Snowy Mut. Wenn Gott das alles zugelassen oder vielleicht sogar geplant hatte, dann würde es auch gut werden. Er hatte ihr eine chaotische Familie erspart und sie all die Jahre beschützt – damit Marlene bei ihr eine neues Zuhause finden durfte, einen sicheren Ort, an dem sie aufwachsen und erwachsen werden konnte. Für Snowy waren es ihre Adoptiveltern gewesen, die ihr das ermöglicht hatten, und jetzt hatte sie die Möglichkeit, das Gleiche für Marlene zu tun.

„Ich glaube nicht, dass ich dir eine Mutter sein kann", sagte sie zu dem Mädchen.

Marlene, die neben ihr saß, schwieg. „Ich weiß", sagte sie schließlich.

„Aber ich denke, ich kann dir eine gute große Schwester sein", fuhr Snowy fort.

Im Geist sah sie das Bild von ihnen beiden vor sich. Sie sah Marlene, die gemeinsam mit ihr in der Bäckerei arbeitete und sonntags mit ihr in den Gottesdienst ging. Sie sah sich und das Mädchen in ihrer Wohnung, wie sie morgens miteinander frühstückten. Sie würden gemeinsam in den Tag starten und sich abends darüber austauschen, was sie bewegt hatte. So, wie Snowy es mit Mama und Papa getan hatte.

„Du denkst also, wir zwei können eine Familie werden?“, fragte Marlene zaghaft.

„Wir *sind* eine Familie.“

„Ich möchte bei dir bleiben“, flüsterte Marlene.

Die beiden Schwestern hielten sich an den Händen und waren bereit, sich der Zukunft zu stellen.

Im friedlichen Schein des Lichts, das der Engel verbreitete, verspürten sie keinerlei Furcht mehr.

* * * * *

In der Zwischenzeit in der Kirche …

Ganz vorsichtig trug Walter sein Geschenk zur Kirche. Er hatte sich den Kopf zerbrochen, was er Pastor Higgins zu Weihnachten schenken könnte. Viele Ideen hatte er gehabt und dann doch wieder verworfen. Bunte Socken. Ein Tagebuch. Geschirrtücher. Aber nichts davon war ihm passend erschienen. Pastor Higgins hatte ihm das Leben gerettet – kein Geschenk der Welt könnte zum Ausdruck bringen, wie dankbar Walter ihm dafür war!

Außerdem hatte Pastor Higgins ihm den Truck geliehen und ihm damit die Reise nach Oakland ermöglicht. Auch das hatte sein Leben verändert.

Aber dieses Geschenk … er schaute zufrieden auf die Schachtel in seinen Händen … dieses Geschenk war einmalig.

Er hatte die Papierschachtel im Serenity Center gefunden und anschließend Geschenkpapier und Geschenkband gekauft. Eigenhändig hatte er das Geschenk eingepackt und eine schöne Schleife darum gebunden.

„Nanu!“, rief Pastor Higgins überrascht. „Ist das für mich?“
Walter nickte.
„Sie brauchen mir doch nichts zu schenken“, sagte er.
„Das ist ein besonderes Geschenk“, erklärte Walter. „Ich weiß, es ist noch früh. Weihnachten ist erst in zwei Wochen, aber Sie brauchen nicht auf den Weihnachtstag zu warten, um es zu öffnen. Am besten machen Sie es sofort auf.“
Pastor Higgins’ Neugier war geweckt.
„Ich soll es jetzt gleich öffnen?“
Er hob das Geschenk hoch und schüttelte es leicht. Kein Geräusch.
Walter lächelte. Seine Spannung wuchs.
„Nur zu. Machen Sie es auf.“
Pastor Higgins stellte das Geschenk auf seinem Schreibtisch ab, band die Schleife auf und riss das Geschenkpapier ab.
Die Schachtel kam zum Vorschein, er öffnete sie und …
„Nein!“, sagte er.
„Doch!“
„Das kann nicht sein!“
„Es ist aber so!“

Kapitel 14

Heiligabend

Heute ist für euch in der Stadt, in der schon David geboren wurde, der versprochene Retter zur Welt gekommen. Es ist Christus, der Herr.
Lukas 2,11

Die Nachtluft war kalt und klar. Es war Heiligabend und der Abendgottesdienst war gerade zu Ende gegangen. Die Musik war ergreifend gewesen – ein wundervoller Anbetungsgottesdienst. Pastor Higgins stellte sich vor, wie diese herrliche Musik ein Lächeln auf Gottes Gesicht zauberte. Jetzt stand die Gemeinde draußen auf dem Rasen vor der Krippe und sang „Stille Nacht".

Pastor Higgins' Blick wanderte zur Weihnachtskrippe. Was für eine bunte Mischung von Menschen und Tieren hatte Gott damals zusammengeführt, um seinen Sohn an jenem ersten Weihnachtsabend in der Welt willkommen zu heißen.

Da waren Maria und Josef, beide mit Fehlern behaftet, aber einander treu und innig zugetan. Die Weisen in ihren kostbaren, exotischen Gewändern und mit ihren Geschenken, Gold, Weihrauch und Myrrhe. Und da war der Hirte, ein armer, ausgestoßener Mensch. Sie alle waren willkommen.

Auch die Tiere waren da. Wie wundervoll, dass die ganze Schöpfung Zeuge wurde vom Kommen Jesu in die Welt! Dass sogar eine Schafherde, Marias Esel, ein Kamel und die Tiere aus dem Stall zu diesem besonderen Geburtstag eingeladen waren. Und der Stern auf dem Stab, der sein sanftes Licht in die Dunkelheit warf und dabei stellvertretend für den Himmel und die Sterne – das ganze Universum! – stand.

Pastor Higgins seufzte. Alles war gut.

Die Krippenfiguren waren vollzählig zurückgekehrt, und auch das Jesuskind lag in der Krippe. Dafür würde er Walter ewig dankbar sein!

* * * * *

Dankbar war Jeremy auch für die Mitglieder seiner Kirchengemeinde. Jeden Einzelnen von ihnen hatte er ins Herz geschlossen.

Donna und Richard standen nebeneinander, Richard hatte den Arm um seine Frau gelegt. Ihr runder Bauch war nicht zu übersehen. Ein Baby war ein großes Geschenk. Und diese beiden waren überglücklich und freuten sich auf ihr Kind.

Heute waren sie zur Ultraschalluntersuchung beim Arzt gewesen, um das Geschlecht des Babys zu erfahren. Jeremy nahm sich vor, sie später danach zu fragen.

Er erinnerte sich daran, wie erstaunt er gewesen war, als Richard ihm erzählt hatte, er und Donna würden heiraten. Erstaunt, aber auch sehr erfreut. Richard war sein ganzes Leben lang ein typischer Junggeselle gewesen, und jetzt hatte er Raum geschaffen für eine Frau in seinem Leben, und dann auch noch für ein Baby. Er hatte Raum in seinem Herzen geschaffen – für die Liebe. Wenn das nicht die Botschaft von Weihnachten war …

Holly stand auf der anderen Seite des Rasens und winkte ihm zu. Auch Jeremy hatte Raum geschaffen in seinem Herzen. Er beobachtete, wie Holly eine Gruppe Kinder zur Krippe führte. Sie redete geduldig und liebevoll auf einen kleinen Jungen ein, der offenbar nicht mitgehen wollte, sich schließlich aber doch von ihr überzeugen ließ. Holly nahm ihn und ein kleines Mädchen an der Hand und ging mit ihnen zur Weihnachtskrippe. Wie immer hatte sie alles unter Kontrolle.

Jeremy dankte Gott für diese wunderbare Frau, deren Lachen ihm das Herz wärmte.

Er dachte zurück an seinen Heiratsantrag. Er war wirklich sehr bescheiden ausgefallen. Es tat ihm leid, dass er sich nicht etwas Ausgefalleneres für sie hatte einfallen lassen. Aber er war nun mal kein Romantiker. Doch jetzt … Er klopfte auf seine Tasche. Er hatte einen hübschen Ring für sie gekauft, und irgendwann heute Abend würde er sie mit einem richtigen Antrag überraschen. Bei sich zu Hause, an einem schön gedeckten Tisch, mit roten Rosen und romantischer Musik. Er würde Holly niemals als selbstverständlich hinnehmen. Niemals!

* * * * *

Benji überquerte zusammen mit Miss Holly und den anderen Kindern den Rasen. Er war so traurig gewesen, als Mami Josef in die Kirche zurückgebracht hatte, aber jetzt freute er sich, alle Krippenfiguren aufgebaut zu sehen.

Seine Oma hatte ihn hergebracht, damit er mit den anderen Kindern Kekse essen und Kinderpunsch trinken konnte. Ein Clown war da gewesen und hatte aus Luftballons Tiere für die Kinder gemacht, Tiere aus der Krippenszene: Esel, Schafe, Kamele. Und jetzt brachte Miss Holly sie zum Jesuskind. Und natürlich zu Josef, der in den letzten Wochen auf ihn und seine Mama aufgepasst hatte.

Trotzdem hatte Benji seinen Papa vermisst. Denn Josef konnte nicht mit ihm reden wie sein Papa, und Josef konnte ihn auch nicht umarmen und in die Luft werfen.

Doch Benjis Traurigkeit wich einen Moment, als er die Krippe sah. Da war er, sein Josef-Papa!

„Schau nur, Miss Holly", sagte er und deutete auf Josef. „Schau nur."

Er zupfte an ihrer Jacke, um ihre Aufmerksamkeit auf sich zu lenken, aber ihr Blick war auf den Gemeindeparkplatz gerichtet.

„Oh Benji! Sieh nur!"

Sie deutete in die entgegengesetzte Richtung.

Zuerst entdeckte Benji Mama und Oma, und zwischen den beiden war … Papa!

Mit ausgestreckten Armen rannte Benji los. Er rannte und rannte, bis er in Papas Armen war.

„Benji!", sagte Papa und umarmte ihn ganz fest, wie es nur Papas konnten. „Ich habe dich so vermisst!"

„Ich dich auch, Papa."

Und dann warf Papa ihn in die Luft, und alles war genau so, wie es sein sollte.

Papas starke Arme fingen ihn wieder auf.

„Papa", sagte Benji und deutete auf die Krippe.

„Was denn?"

„Komm und schau dir Josef an. Er hat auf mich aufgepasst, während du weg warst."

Gemeinsam gingen sie zur Krippe.

* * * * *

„Jonas?"

Staunend musterte Sarah das Gesicht ihres New Yorker Agenten. Er war fasziniert von der kleinen Kirche und der Krippe. Es hatte sie viel Mühe gekostet, ihn zu überreden, sie hierherzubegleiten, aber jetzt schien es ihm genauso gut zu gefallen wie ihr.

„Jonas?"

„Ja?"

„Woran denkst du gerade?"

„Ich habe über das neue Buch nachgedacht. Eine geniale Idee! Und ich denke, du solltest eine Lesereise machen. Dreißig Städte."

Warum hatte sie ihn nur gefragt?

„Und ein Fernsehinterview geben. Und …"

„Jonas!"

„Ja?"

„Es ist Heiligabend. Genieße einfach den Moment. Über alles andere können wir nächste Woche reden."

Sie hakte sich bei ihm ein. Er erinnerte sie so sehr an das Leben, das sie hinter sich gelassen hatte. Sie brauchte ihm heute Abend nicht zu sagen, dass es kein neues Buch, keine Lesereise und kein Interview geben würde. Zum ersten Mal in ihrem Leben war sie glücklich. Hier hatte sie etwas anderes gefunden, und das war ihr mehr wert als wirtschaftlicher Erfolg und der nächste Buch-Bestseller.

Sie dachte an Georgina. Die arme Katze fragte sich vermutlich, wo ihr Schlafplatz abgeblieben war. Obwohl ihre Kleinen schon längst zu groß für die Krippe geworden waren und mittlerweile durch die Wiesen streiften, hatte die Krippe für Georgina gute Dienste geleistet. Sie hatte ihr einen Platz geboten, an dem sie neues Leben in die Welt bringen konnte.

Sarah lächelte. Die Krippe hatte sie gelehrt, Raum für Jesus zu schaffen, und seitdem fühlte sie sich wie neu geboren.

* * * * *

Jonathan White half Rachel, der es schwerfiel, über den unebenen Rasen zu laufen. Er stützte sie und schenkte ihr seine volle Aufmerksamkeit. Während er an ihrer Seite ging, fühlte er sich gut, beinahe sorgenfrei. Er hatte die Beförderung bekommen. Darüber freute er sich sehr. Aber in letzter Zeit hatte er darüber nachgedacht, sich einen anderen Job zu suchen, in dem er nicht so unter Druck stand.

„So, gleich haben wir's geschafft."

Er führte Rachel zu dem Stuhl neben Roger und half ihr, sich hinzusetzen.

Jonathan hatte sich von seinen Mitmenschen so entfremdet, dass ihm gar nicht klar gewesen war, wie sehr er andere brauchte. Und wie sehr sie *ihn* brauchten.

Rachel zog Jonathans Gesicht zu sich herunter und gab ihm

einen Kuss auf die Wange. Er half ihr und Roger, wo er nur konnte. Rachels Zustand hatte sich in den vergangenen Wochen verschlechtert, ihre Parkinson-Erkrankung erschwerte zunehmend den Alltag des Ehepaars.

Später winkte Jonathan Pastor Higgins zu und gesellte sich dann zu einer Gruppe alleinstehender junger Leute, die heiße Schokolade und Kekse verteilten. Das hätte seiner Mutter gefallen. Mittlerweile konnte er voller Liebe und nicht mehr voller Schmerz an sie denken.

Sein Kamel war wieder mit den anderen Krippenfiguren vereint. Pastor Higgins hatte ihm erklärt, dass Gott die unterschiedlichsten Dinge in unserem Leben gebrauchte, um uns auf sich aufmerksam zu machen.

Seltsam, dass es bei Jonathan ein Kamel aus Plastik gewesen war, aber für ihn war es genau das Richtige gewesen.

* * * * *

Rachel und Roger saßen nebeneinander im Lichtschein des Sterns. Um sie herum standen die Menschen, die ihnen wichtig geworden waren. Nachdem Rachel sich ihnen gegenüber geöffnet und von ihrer Krankheit erzählt hatte, waren ihre Freunde nur zu gern bereit gewesen, sie zu unterstützen.

Rachels Glaube war gestärkt worden durch die großzügige Hilfe ihres Pastors und ihrer Freunde. Sie hatten ihr und Roger Essen gebracht, sie zum Arzt gefahren, und sie spürte, dass sie für sie beteten.

Gott war ihr ganzes Leben lang bei ihr gewesen, und er war auch jetzt bei ihr.

Sie ergriff Rogers Hand, und er strich liebevoll darüber.

Das Beste war, dass sich auch ihr Mann durch ihre Erkrankung und die Pflege, die sie benötigte, in seinem Glauben weiterentwickelt hatte. Er hatte für sie gebetet, als sie den Stern wieder zur Kirche zurückgebracht hatten. Ihre schlimmsten Befürchtungen hatten sich nicht erfüllt. Roger hatte seinen Glauben nicht verloren, ganz im Gegenteil: Sein Glaube war gestärkt worden.

* * * * *

„Ich werde Sie vermissen, Pastor."

Walter reichte Jeremy einen Becher heiße Schokolade. Er und Petey betrachteten die wunderschöne Krippenszene auf dem Rasen.

„Ich werde Sie auch vermissen, Walter. Aber ich freue mich, dass alles so gekommen ist."

„Ich auch."

Walter sprach zwar mit Pastor Higgins, hielt den Blick aber fest auf die Krippe gerichtet.

„Was für ein Anblick!"

„Ja, allerdings."

Walter hatte bereits all seine Sachen in den alten Truck geladen. Nach den Feiertagen würde er nach Oakland ziehen.

Der Truck war ein Abschiedsgeschenk von Pastor Higgins. Walter wusste nicht, was die Zukunft bringen würde, aber er wusste, dass er versuchen musste, seine Ehe zu retten. Nach seinem Besuch in Oakland hatte er das Gefühl gehabt, dass es noch Hoffnung gab für ihn und Sophie.

Vielleicht hatte Gott ihn aus einem ganz bestimmten Grund nach Hause geführt. In den vergangenen Jahren hatte er einen langen Weg zurückgelegt, genau wie die weisen Männer. Nun war es an der Zeit für ihn, dass er in seinem Herzen und in seinem Geist zur Ruhe kam.

Während Walter noch über den Weg nachdachte, den Gott ihn geführt hatte, gesellte sich Milton zu ihm und Pastor Higgins. Er beseitigte gerade die letzten Spuren seiner Schminke. Sein Gesicht leuchtete vor Glück – echte Freude, die nicht aufgemalt werden musste.

Dankbar nahm den Wohnungsschlüssel entgegen, den Walter ihm hinhielt.

„Danke, Walter. Danke, Pastor Higgins."

„Ich hoffe, du fühlst dich in der Wohnung genauso wohl wie ich", sagte Walter.

„Das werde ich ganz bestimmt. Ich habe noch nie eine eigene Wohnung gehabt."

„Und ich freue mich, dass du Walters Job übernimmst", sagte Pastor Higgins. „Das sind ziemlich große Fußstapfen, in die du da trittst."

Walter lächelte. „Ich werde meine Arbeit in der Kirche vermissen, aber jetzt, wo ich weiß, dass du dich hier um alles kümmern wirst, fällt mir der Abschied leichter."

„Außer am Mittwoch", wandte Milton ein. „Da arbeite ich woanders!"

„Kein Problem!"

In diesem Moment begannen neben den drei Weisen vier Schwestern zu singen.

„Du kleines Städtchen Bethlehem, liegst still in Judas Land."

Ihre Stimmen passten wunderbar zusammen.

Holly trat neben Jeremy, und er ergriff ihre Hand. Gemeinsam lauschten sie dem Gesang und schlossen dabei andächtig die Augen. Irgendetwas war anders. Und dann erkannte Jeremy, was es war: Da war eine fünfte Stimme, die die Stimmen der Schwestern harmonisch untermalte!

Kein Zweifel: Das musste ihr Bruder Donny sein! Jetzt erst fiel Jeremy der Mann auf, der neben den Schwestern stand und voller Inbrunst mitsang.

Dann sang Donny sogar ein Solo.

„Der Hoffnungsstern kommt mit dem Herrn in dieser heiligen Nacht."

Alle schwiegen.

Gott selbst hatte diese Familie wieder zusammengeführt, so viel stand fest! Jeremy wusste, dass einige Dinge so unmöglich waren, dass nur Gott sie bewirkt haben konnte. Und diese Versöhnung gehörte auf jeden Fall dazu.

Auf der anderen Seite des Rasens beobachtete Jeremy Snowy und Marlene inmitten einer Gruppe junger Leute. Sie verteilten Pfefferkuchen an die Gemeindemitglieder. Die beiden Mädchen wirkten glücklich und zufrieden und lachten mit den Kindern, die sich um sie drängten.

Seit Marlene bei ihrer Schwester angekommen war, waren die beiden unzertrennlich.

„Pastor Higgins?“, hörte er Marlene rufen.

„Ja, Marlene?“

„Ich habe den Lebkuchen mitgebracht, den sie bei Snowy bestellt haben.“

Sie hielt einen besonderen Pfefferkuchen in die Höhe. Das war kein normaler Lebkuchen, sondern zwei Lebkuchenfiguren, die miteinanderverbunden war. Die eine Figur war mit einer weißen Glasur als Schleier überzogen, die andere trug eine Fliege …

Lachend nahm Jeremy das Geschenk entgegen.

Sein Blick wanderte zu Buck, der neben „seinem“ Hirten an einem Holzzaun lehnte. Er hatte den ganzen Tag gearbeitet, die letzten Blätter weggefegt und den Holzrahmen für den Stall aufgebaut. Nun wirkte er zufrieden, sein Blick ruhte auf dem Hirten, den er in den vergangenen Wochen beherbergt hatte.

Jeremy hatte das Gefühl, dass Buck endlich in der Gemeinde angekommen war. Dass er sich zugehörig fühlte und Menschen gefunden hatte, die ihn so akzeptierten, wie er war. Und dass die Trauer um seinen Bruder der Gewissheit gewichen war, dass er ihn eines Tages wiedersehen würde.

Für Letzteres war Jeremy besonders dankbar. Er schickte eine stilles Dankgebet zum Himmel.

* * * * *

„Sam?“

Gertie ging um die Weihnachtskrippe herum. Wo steckte Sam nur? Gemeinsam hatten sie sich die Krippenfiguren angeschaut und Flöckchen bewundert, das an seinem Platz zu den Füßen des Hirten stand.

Sie und Sam hatten das Lamm zusammen zur Kirche zurückgebracht.

„Ich weiß nicht, warum ich es so sehr ins Herz geschlossen habe“, hatte sie zu Sam gesagt.

„Ich glaube, ich verstehe das“, hatte er geantwortet. „Du wünschst dir etwas, wofür du sorgen kannst. Du hast dein ganzes Leben lang für andere Menschen gesorgt.“

Ihre Augen hatten sich mit Tränen gefüllt, als sie an ihr leeres Haus gedacht hatte. Und jetzt war Sam verschwunden, und sie konnte ihn nicht finden.

„Gertie!“

Sie hörte ihn ihren Namen rufen und sah ihn eilig auf sie zukommen. Dann hielt er ihr ein kleines Bündel mit einer Schleife entgegen. Das Bündel bewegte sich, und in ihre Arme sprang – ein kleiner brauner Welpe!

„Oh Sam!“

Der Welpe leckte ihr die Wange ab und wand sich vor Freude in ihren Armen.

„Fröhliche Weihnachten“, sagte Sam.

Gertie brachte keinen Ton heraus. Sie war überwältigt vor Liebe. Der Liebe ihres Mannes. Er hatte ihr zugehört und ihr etwas geschenkt, was sie sich so sehr gewünscht hatte!

„Danke“, stieß sie schließlich hervor. „Danke, Sam.“

Hand in Hand gingen sie zu der kleinen Gruppe zurück, die sich um die Krippenszene versammelt hatte – eine bunte Mischung von Leuten, deren Mittelpunkt Christus war.

Pastor Higgins ließ ein letztes Mal den Blick umherschweifen.

Ein kleiner Junge hielt die Hand seines Vaters umklammert. Der Pastor erinnerte sich, dass er mit dem kleinen Jungen dafür gebetet hatte, dass sein Papa doch nach Hause kommen möge. Und jetzt stand er mit ihnen zusammen auf dem Rasen.

Da waren Sam und Gertie und hielten sich an den Händen. Auch sie wirkten zufrieden und glücklich. Die Schwestern hielten sich ebenfalls an den Händen und auch ihren Bruder, der nach so vielen Jahren wieder mit seiner Familie vereint war.

Einige waren gebildet und wohlhabend wie die Weisen aus dem Morgenland, andere arm an materiellen Gütern. Einige Ausgestoßene waren dabei, die wie der Hirte nach Hause gekommen waren. Walter stand mitten in der Gruppe, geschätzt und akzeptiert, nachdem er lange Zeit obdachlos gewesen und vollkommen auf sich allein gestellt gewesen war.

Donna und Richard waren dabei. Sein Arm lag beschützend um ihre Hüfte, und sie lehnte am ihm. Das Paar erinnerte ihn an Maria und Josef. Zwei Menschen, die einander liebten und ein Kind erwarteten. Zwei Menschen, die vor Gott zu einer Einheit geworden waren.

Und da war Petey an Walters Seite.

„Ich steh an deiner Krippen hier …“ sangen alle Gemeindemitglieder wie mit einer Stimme.

Jeremy hatte die Krippenfiguren immer als Einheit gesehen. Vor vielen Jahren hatte die Gemeinde sie angeschafft und jedes Jahr auf dem Rasen vor der Kirche aufgebaut. Weil sie in diesem Jahr auseinandergerissen worden und alle wieder zurückgekommen waren, sah er sie jetzt mit anderen Augen.

Sein Blick blieb noch einmal am Jesuskind hängen, seinem wohl schönsten Weihnachtsgeschenk.

Jesus. Es ging nur um ihn. Er stand im Mittelpunkt und hielt alles zusammen. Aber es brauchte auch die Menschen um ihn herum. So unterschiedlich sie alle auch waren, so einzigartig und wertvoll waren sie in Gottes Augen, denn genau deshalb war Gott Mensch geworden. Um jedem Einzelnen nahe zu sein.

Als sich die Aufmerksamkeit der Menge auf das kleine Baby in der Krippe richtete, herrschte einen Augenblick Stille. Oben am Himmel leuchteten die Sterne hell über der kleinen Gruppe, und der Mond warf sein sanftes Licht auf die Weihnachtskrippe.

Wie gut, dass Gott in ihre Mitte gekommen war. Sie alle spürten seine Liebe und den vollkommenen Frieden, mit dem er sie erfüllte.

MIX
Papier aus verantwortungsvollen Quellen
FSC® C014496

1. Auflage 2020
Bestell-Nr. 817658
ISBN 978-3-95734-658-2

Umschlaggestaltung: Hanni Plato
Umschlagfoto: Thomas Vogel/Getty Images
Satz: Vornehm Mediengestaltung, München
Druck und Verarbeitung: GGP Media GmbH, Pößneck

Printed in Germany
www.gerth.de